# 새

# 새

대프니 듀 모리에
이상원 옮김

현대문학

차례

# 새

The Birds

12월 3일, 하룻밤 만에 바람이 바뀌더니 겨울이 되었다. 전날까지만 해도 기분 좋은 가을 날씨였다. 황금빛과 붉은빛을 띤 나뭇잎이 나무에 매달려 있고 산울타리는 여전히 푸르고 쟁기가 지나간 흙은 무척이나 기름졌다.

냇 호킨은 전쟁에서 부상을 입었기에 연금을 받았고 농장에서 파트타임으로 일했다. 일주일에 사흘 농장에 나가서 울타리 치기, 지붕 올리기, 건물 보수 등 가벼운 작업을 주로 했다.

결혼을 하고 자녀도 있었지만 그는 혼자 있기를 좋아하는 성향이었고 일할 때는 특히 더 그랬다. 그가 일하는 농장은 양쪽이 바다로 둘러싸여 있어서 바닷가까지 나가 둑을 쌓거나 수문을 수리하기도 했는데, 그럴 때면 퍽 즐거웠다. 점심시간이면 일을 잠시 중단하고 홀로 절벽 끝단에 앉아 아내가 싸준 도시락을 먹으며 새들을 구경했다. 그러기에는 봄보다 가을이 제격이었다. 봄철의 새들은 목적지를 정확히 알고 삶의 리듬과 관습을 철저히 지키면서 육지 곳곳을 날아다녔다. 반면 가을철이면 바다 건너로 이동하지 않고 그대로 머물면서 겨울을 나게 된 새들이 장거리 비행의 충동을 이기지 못하고 어지럽게 날아다니곤 했다. 큰 무리를 지은 새들이 바닷가로 날아와 쉬지 않고 움직였다. 빙글빙글 돌기도 하고 크게 원을 그리기도 하다가 새로 갈아놓은 기름진 땅에 내려앉았다. 하지만 먹이를 먹는 모습에서 굶주림이나 욕망은 느껴지지 않았고, 그러다가 다시 참지 못하고 하늘로 날아오르는 것이었다.

냇의 눈에 갈까마귀와 갈매기가 묘하게 뒤섞여 검고 흰 무리를 이룬 광경이 보였다. 결코 만족할 수도,

고요해질 수도 없다는 듯 자유를 갈구하는 모습이었다. 마찬가지로 찌르레기 떼 역시 비행 충동에 사로잡혀 비단 스치는 소리를 내며 푸르른 초원을 향해 날아갔고, 더 작은 종류인 피리새나 종달새는 누가 시키기라도 한 듯 나무에서 울타리로 우르르 옮겨 앉았다.

냇은 이어 바닷새들도 관찰했다. 저 아래 만에서 물때를 기다리고 있었다. 다른 새들보다 참을성이 훨씬 많은 놈들이었다. 검은머리물떼새, 붉은발도요, 세가락도요, 마도요가 해변의 물 끝자락을 지켜보았다. 파도가 천천히 해안으로 밀려들었다가 물러나면 해초 줄기와 자갈이 나뒹구는 바닥이 드러나면서 바닷새들이 돌진했다. 배를 채우고 나면 다시금 비행 충동에 사로잡힌 듯 울고 지저귀고 서로 부르면서 해변을 떠나 고요한 바다 위를 스치듯 날아올랐다. 저렇게 서둘러 빠른 속도로 사라지다니. 대체 어디로, 무얼 하러 가는 걸까? 만족을 모르는 서글픈 가을의 충동이 새들에게 마법을 건 탓에 무리 지어 울고 날아다녀야만 하는 모양이었다. 겨울이 오기 전에 마음껏 날아야 직성이 풀린다고나 할까.

절벽 끝에 앉아 도시락을 먹으면서 냇은 생각했다. 어쩌면 새들은 가을철에 경고의 메시지를 받는지도 몰라. 겨울이 다가오면 결국 많은 수가 죽게 된다는 메시지를. 임박한 죽음이 두려운 인간이 미친 듯이 일하거나 어리석은 짓거리에 빠지듯이 새들도 그런 것일지 몰라.

그해 가을, 새들은 예전 어느 때보다 한층 야단스 러웠다. 고요한 날씨가 이어지다보니 그 움직임이 더 두드러졌다. 서쪽 언덕을 오르내리며 땅을 가는 트랙 터와 그 운전석에 앉은 농장 주인의 모습이, 시끄럽 게 울며 날아다니는 새 떼에 가려 순간적으로 시야 에서 사라지기도 했다. 새들이 평소보다 훨씬 많다고 냇은 생각했다. 가을철이면 으레 밭갈이 트랙터 주변 에 새들이 모였지만 그렇게 큰 무리였던 적도, 그토 록 시끄러웠던 적도 없었다.

울타리 작업을 마치고 냇이 그 이야기를 꺼냈더니 농장 주인도 맞장구를 쳤다. "그래. 다른 때보다 훨씬 많아. 나도 그 생각을 했네. 트랙터를 전혀 겁내지 않 는 대담한 놈들도 있더군. 오늘 오후에는 갈매기 한 두 마리가 얼마나 가까이 날아오던지 내 모자를 채가는 줄 알았다네! 놈들이 잔뜩 모여들면 내가 무슨 일을 하고 있는지 보이지도 않을 지경이지. 날씨가 바뀌어 아주 추운 겨울이 올 모양이야. 그래서 새들이 그렇게 난리인 걸세."

냇이 들판을 가로질러 집으로 향할 때에도 새들은 석양을 배경으로 서쪽 언덕에 무리 지어 있었다. 바람 한 점 없었고 잔잔한 회색 바다는 만조였다. 울타리에는 아직 꽃이 만발했고 대기도 부드러웠다. 하지만 농장 주인 말대로 그날 밤 날씨가 완전히 바뀌고 말았다. 냇의 침실은 동쪽이었다. 그는 새벽 2시가 막 지났을 때 굴뚝의 바람 소리 때문에 잠에서 깼다. 남쪽에서 비를 몰고 오는 폭풍우가 아니라 차고 건조한 동풍이었다. 굴뚝에서 휘잉 소리가 났고 헐거운 지붕 슬레이트가 들썩였다. 귀를 기울이자 만 쪽의 바다가 우르릉거리는 소리도 들렸다. 작은 침실 안의 공기마저 차가워졌다. 문틈으로 들어온 냉기가 침대 아래로 퍼져나갔다. 냇은 담요로 몸을 감싸고 잠든 아내 등쪽으로 몸을 붙인 채 알 수 없는 불안감에 잠들지 못하고 있었다.

그 순산 창문 두드리는 소리가 들렸다. 집 옆에는

나무가 없었기에 바람에 흔들리는 나뭇가지가 창문을 건드리는 것은 아니었다. 창문 두드리는 소리가 계속 이어지며 신경을 자극했다. 냇은 침대에서 일어나 창가로 갔다. 창문을 열자마자 무언가가 그의 손마디를 쪼고 살갗을 할퀴며 스쳐 갔다. 퍼덕이는 날개가 보이는가 싶더니 지붕 위쪽으로 사라졌다.

새였다. 무슨 종류인지는 알 수 없었다. 바람을 피해 날아온 것이 분명했다.

그는 창문을 닫고 다시 침대로 돌아갔고, 어느새 축축하게 젖은 손을 입에 갖다 댔다. 피가 흐르고 있었다. 겁에 질려 피할 곳을 찾던 새가 어둠 속에서 그의 손을 쪼고 할퀸 것이었다. 다시 한 번 그는 잠을 청했다.

그런데 다시 두드리는 소리가 났다. 이번에는 아까보다 더 강하고 더 집요했다. 아내도 그 소리에 잠이 깨어 그에게 말했다. "여보, 창문 쪽으로 가봐요. 덜컹거리잖아요."

"벌써 살펴봤어. 새들이 안에 들어오려고 하는 거야. 바람 소리 들려? 동풍이 불고 있어. 새들은 피할 곳을 찾는 중이라고."

"그럼 쫓아버려요. 시끄러워서 잠을 잘 수가 없잖아요."

그는 다시 창가로 갔다. 이번에는 창문을 열자마자 대여섯 마리가 한꺼번에 몰려들어 그의 얼굴을 공격했다.

냇은 고함을 지르며 팔을 휘둘러 새들을 쫓아버렸다. 아까처럼 새들은 지붕 위쪽으로 날아가 사라졌다. 그는 서둘러 창문을 내리고 단단히 잠갔다.

"당신도 들었지? 날 공격했어. 내 눈을 쪼려 했다고." 그는 창가에 서서 어둠 속을 노려보았지만 아무것도 보이지 않았다. 잠에 취한 아내는 침대에서 알아듣지 못할 소리를 중얼거렸다.

냇은 아내가 창문을 열라고 했던 것에 화가 나서 말을 이었다. "진짜로 그랬다니까. 새들이 처마에 모여들었다가 방으로 들어오려 했다고."

갑자기 복도 맞은편 아이들 방에서 비명 소리가 울렸다.

"질 목소리예요!" 아내가 바로 일어나 앉았다. "무슨 일인지 어서 가봐요."

냇은 촛불을 들었지만 침실 문을 열고 복도로 나서

자마자 바람 때문에 촛불이 꺼져버렸다.

다시 비명 소리가 울렸다. 이번에는 두 아이가 함께 지르는 소리였다. 방 안으로 달려 들어가자 어둠 속에서 날갯짓 소리가 들렸다. 창문은 활짝 열려 있었다. 창문으로 들어온 새가 천장과 벽에 부딪혔다가 방향을 바꾸어 침대에서 자고 있던 아이들 쪽으로 향했던 것이다.

"괜찮아, 여기 아빠가 왔어!" 냇은 고함을 질렀고, 아이들은 울면서 아버지에게 매달렸다. 새들은 날아 올랐다가 다시 그를 향해 돌진했다.

"무슨 일이에요? 어떻게 된 거예요?" 아내가 침실에서 불렀다. 냇은 재빨리 아이들을 복도로 내보내고 문을 닫았다. 어둠 속에 혼자 남은 것이다.

냇은 가까운 침대에서 끌어낸 담요를 무기 삼아 이리저리 휘둘렀다. 담요에 새들의 몸통이 마구 부딪혔고 날개 파닥이는 소리가 들렸다. 새들은 결코 도망치지 않고 냇의 손이며 머리를 쪼아대며 계속 공격을 퍼부었다. 작고 날카로운 부리는 포크 끝처럼 날카로웠다. 이제 담요는 방어용 무기가 되었다. 그는 담요를 머리에 뒤집어쓴 후 마구 주먹을 휘둘렀다. 방문을 열고 나가는 것은 엄두도 내지 못했다. 새들도 그를 따라 나갈 것이기에.

어둠 속에서 얼마나 오래 새들과 싸웠는지 알 수 없었다. 마침내 날갯짓이 잦아들더니 완전히 사라졌다. 두꺼운 담요를 통해 새벽빛이 들어왔다. 그는 귀를 기울이며 가만히 기다렸다. 부부 침실 쪽은 아이 우는 소리 말고는 잠잠했다. 날개 퍼덕이는 소리도 더 이상 없었다.

그는 담요를 내리고 주변을 살펴보았다. 차가운 회색빛 아침 햇살에 방 안 풍경이 드러났다. 살아 있는 새들은 새벽이 오면서 창밖으로 빠져나가고, 죽은 놈들만 바닥에 흩어져 있었다. 냇은 충격과 공포에 사로잡혀 그 작은 사체들을 응시했다. 전부 다 아주 작은 새들이었다. 바닥에 있는 것만 오십 마리는 되어 보였는데 울새, 피리새, 참새, 박새, 종달새, 되새 등 하나같이 자기들끼리 무리 지어 자기 영역 안에서만 사는 종류였다. 그런 새들이 어찌 된 일인지 다 함께 무리를 만들어 공격을 감행하다가 침실 벽에 부딪히거나 냇의 반격에 죽고 만 것이었다. 깃털이 빠진 놈들도 있었고 부리에 냇의 피를 묻히고 있는 놈들도 있었다.

냇은 구역질을 느끼면서 창가로 가서 마당과 들판을 살펴보았다.

몹시 쌀쌀했고 땅에는 검은 된서리가 내려앉아 있었다. 아침 햇살에 빛나는 흰 서리가 아닌, 동풍이 몰고 온 검은 서리였다. 물때가 바뀌면서 한층 사나워진 바다는 흰 포말을 머리에 인 채 만을 거칠게 때리고 있었다. 새들은 흔적도 없었다. 정원 출입문 너머 울타리에 앉아 지저귀는 참새도, 벌레를 찾아 땅을 헤집는 부지런한 지빠귀나 찌르레기도, 무엇 하나 보이지 않았다. 들려오는 소리도 동풍 소리와 파도 소리 외에는 아무것도 없었다.

냇은 창문을 닫고 방을 나와 침실로 갔다. 아내는 큰아이는 옆에 눕히고 얼굴에 밴드를 붙인 작은아이는 품에 안은 채 침대에 앉아 있었다. 창문은 커튼으로 완전히 가려져 있었고 촛불이 켜져 있었다. 노란 불빛 속에서 아내의 얼굴색이 묘하게 빛났다. 아내가 조용히 하라고 고개를 저었다.

"막 잠들었어요." 속삭이는 목소리였다. "방금 전에요. 뭐에 베였는지 눈가에서 피가 나요. 질 말로는 새들이었대요. 잠에서 깨어나 보니 새들이 방 안에 있었대요."

아내는 그게 사실이냐고 묻는 듯 냇을 올려다보았다. 놀랍고 두려운 표정이었다. 냇은 자기 역시 지난 몇 시간의 사투로 충격을 받아 기진맥진하다는 사실을 알리지 않기로 했다.

"새들이 들어왔더군. 죽은 새만 해도 거의 오십 마리야. 근처에 사는 울새며 굴뚝새 같은 새들이야. 동풍 때문에 새들이 정신이 나갔던 모양이야." 그는 침대 끝에 앉아 아내 손을 잡았다. "날씨 탓이야. 틀림없이 추운 날씨 탓이라고. 어쩌면 여기 사는 새들이 아니라 위쪽에서 내려온 새들일 수도 있어."

"하지만 여보, 날씨가 추워진 건 오늘 밤이에요. 새들을 남쪽으로 몰고 올 눈도 아직 내리지 않았고요. 아직 배도 고프지 않을걸요. 들판에 먹을 게 지천일 텐데." 아내가 속삭였다.

"날씨 탓이야." 냇이 반복했다. "날씨 탓이라니까."

냇의 얼굴도 아내와 마찬가지로 창백했다. 부부는 잠시 말없이 서로를 바라보았다.

"아래층에 가서 차를 끓일게." 냇이 말했다.

부엌 풍경을 보자 마음이 가라앉았다. 선반 위에 가지런히 놓인 컵과 접시, 식탁과 의자, 아내의 버들가지 의자 위에 놓인 뜨개질감, 구석 벽장 안의 아이들 장난감…….

그는 무릎을 꿇고 전날 남은 불씨를 긁어모아 새로 벽난로를 지폈다. 불길이 타오르자 다시 일상으로 돌아온 것 같았다. 수증기를 내뿜는 주전자와 갈색 찻주전자가 기분을 편안하게 해주었다. 그는 차를 한 잔 마셨고 아내 몫의 차를 위층으로 가져다주었다. 부엌 개수대에서 세수를 한 뒤 부츠를 신고 뒷문을 열었다.

하늘이 납빛으로 잔뜩 흐렸다. 어제만 해도 햇살 아래 빛나던 갈색 언덕이 검고 황량해 보였다. 동풍이 마치 면도날처럼 나뭇잎들을 다 떨어뜨렸고 바싹 말라 바스락거리는 이파리가 바람 부는 대로 굴러다녔다. 냇은 부츠로 땅바닥을 두드려보았다. 얼어붙은 듯 딱딱했다. 날씨가 이토록 급작스럽게 바뀐 것은 처음 겪는 일이었다. 단 하룻밤 사이에 검은 겨울이 찾아온 것이다.

아이들이 깨어났다. 질은 위층에서 재잘거렸고 어

린 조니는 다시 울음을 터뜨렸다. 냇은 아이들을 달래는 아내 목소리를 들었다. 곧 식구들이 부엌으로 내려왔다. 아침 식사는 냇이 이미 준비해두었다. 하루의 일상이 시작된 것이다.

"아빠가 새들을 몰아냈지?" 날이 밝고 벽난로가 타오르고 아침 식사까지 준비된 덕분에 마음이 놓인 질이 물었다.

"그래. 이제 다 가버렸단다. 동풍 때문에 새들이 길을 잃고 겁에 질려 숨을 곳을 찾아 들어왔던 거야."

"우릴 쪼려고 했어. 조니 눈으로 바로 날아가던걸." 질이 말했다.

"새들이 무서워서 그랬던 거야. 침실이 깜깜하니까 자기들이 어디 있는지도 몰랐던 거지."

"다시는 안 왔으면 좋겠어. 창밖에 빵 조각을 놓아두면 그걸 먹고 멀리 날아갈지도 몰라." 질이 말했다.

질은 아침을 먹고 외투와 모자, 교과서와 가방을 챙겼다. 냇은 잠자코 아내와 눈짓을 교환했다.

"스쿨버스 타는 데까지 데려다주고 올게. 오늘은 농장 일 안 하는 날이야."

아이가 세수하는 동안 그는 아내에게 말했다. "창

문과 문을 다 닫아. 혹시 모르니까. 농장 사람들은 간 밤에 무슨 소리 못 들었는지 알아보고 올게." 그는 어린 딸과 집을 나섰다. 질은 간밤의 일은 다 잊은 듯 앞서 뛰어가며 굴러가는 나뭇잎을 뒤쫓았다. 끝이 뾰족한 모자 아래 드러난 얼굴이 매서운 바람 때문에 붉게 변했다.

"아빠, 오늘 눈이 올까? 너무 춥잖아."

냇은 음산한 하늘을 올려다보았다. 사나운 바람에 어깨가 찢겨나갈 것만 같았다.

"아니, 오늘은 눈이 안 올 거야. 지금은 하얀 겨울이 아니라 검은 겨울이거든."

그사이에도 그는 울타리며 그 너머 들판, 농장 너머 작은 숲을 분주히 살피며 새들을 찾아보았다. 한 마리도 보이지 않았다.

질처럼 목도리를 두르고 모자를 쓴 아이들이 추위에 떨며 버스를 기다리고 있었다.

질이 친구들에게 손을 흔들며 달려갔다. "우리 아빠가 그러는데 눈은 안 올 거래. 검은 겨울이 된대."

아이는 새 이야기는 하지 않고 곧 다른 친구와 장난을 치기 시작했다. 버스가 언덕을 기어 올라왔다. 냇은 질이 버스에 올라타는 것을 본 다음 농장 쪽으로 돌아서서 걷기 시작했다. 일하는 날은 아니지만 다들 괜찮은지 확인하고 싶었다. 젖소를 돌보는 일꾼 짐이 마당에 나와 있었다.

"주인어른은 근처에 계신가?" 냇이 물었다.

"장에 가셨지. 오늘이 화요일 아닌가?"

짐은 곧 헛간 옆으로 사라졌다. 농장 일꾼들은 냇을 거만한 사람이라 여겼다. 책을 읽는 것 등의 남다른 행동 때문이었다. 냇은 그날이 화요일이라는 것도 깜빡 잊고 있었는데, 그것만 봐도 자신이 간밤의 사건에 얼마나 놀랐는지 알 수 있었다. 뒷문 쪽으로 가자 안주인 트리그 부인이 노래 부르는 소리가 들렸다. 라디오 방송에 맞춰 부르는 중이었다.

"계시나요?" 냇이 불렀다.

안주인이 미소를 띠고 문가로 나왔다. 사람 좋은 부인이었다.

"안녕하세요, 호킨 씨. 대체 이 추위가 어디서 온 걸까요? 러시아에서? 이렇게 갑자기 날씨가 바뀌는 건 처음 봐요. 라디오에서는 앞으로 계속 이렇게 추울 거라는군요. 북극권이랑 관계가 있대요."

"저희 집에서는 아침에 라디오를 듣지 못했네요. 사실은 간밤에 문제가 좀 있었거든요." 냇이 대답했다.

"아이들이 아프기라도 한 거예요?"

"아닙니다." 어떻게 설명해야 할지 난감했다. 이 훤한 낮 시간에, 지난밤에 새들과 싸웠다는 얘기를 하면 얼마나 생뚱맞게 들릴까.

그는 지난밤 일을 열심히 설명했지만 안주인은 한바탕 악몽 정도로 여기는 표정이었다.

"물론 진짜 새였겠죠." 안주인이 미소를 지었다. "깃털이 제대로 다 있던가요? 토요일 밤에 퍼마시고 나면 남자들 눈앞에 나타난다는 이상한 동물은 아니었고요?"

"부인, 지금 저희 애들 방바닥에 울새나 굴뚝새 같은 놈들이 오십 마리나 죽어 뒹굴고 있습니다. 절 공격했어요. 막내 조니 눈을 쪼려고도 했고요."

안주인은 영문을 모르겠다는 듯 그를 바라보았다.

"그렇군요. 그럼 날씨 때문일까요? 새들이 침실에 들어온 후 방향을 몰라서 그랬을 수밖에 없었겠네요. 북극권에서 온 새들일 수도 있고요."

"아닙니다. 근처에서 매일 보는 종류였습니다."

"참 이상하군요. 도저히 설명이 안 되네요. 글을 써서 〈가디언〉에라도 보내셔야겠어요. 뭔가 답이 오지 않을까요? 아, 전 이제 들어가봐야겠네요."

부인은 고개를 끄덕여 보이고 미소를 지은 뒤 부엌으로 들어갔다.

냇은 꺼림칙한 기분으로 다시 농장 입구로 나왔다. 하긴 침실 바닥에 뒹굴고 있는 죽은 새들, 어딘가에 묻어버려야 하는 그 작은 사체들만 아니었다면 자신조차 현실로 믿기 어려웠을 것이다.

입구에서 다시 일꾼 짐을 만났다.

"새 때문에 무슨 문제 없었나?" 냇이 물었다.

"새? 무슨 새 말이야?"

"지난밤에 새들이 집에 들어왔어. 수십 마리가 아이들 방으로 들어왔다고. 아주 공격적이었어."

"뭐라고?" 짐은 말귀를 바로 알아듣지 못하는 사람이었다. 한참 시간이 지난 후 마침내 그가 말했다. "새들이 공격적이라는 말은 처음 듣는걸. 그렇게 길들여진 경우라면 몰라도. 나는 길들여진 새가 창가에 빵부스러기를 먹으러 오는 걸 본 적이 있어."

"지난밤 새들은 길들여진 놈들이 아니었어."

"그래? 그럼 춥고 배가 고파서 그랬나보지. 빵 부스러기를 좀 놔둬봐."

짐이나 안주인이나 새 이야기에 관심이 없기는 마찬가지였다. 냇은 전쟁 중의 공습 때도 이곳 사람들이 이러지 않았을까 하는 생각이 들었다. 당시 플리머스 사람들이 무엇을 보고 어떤 고통을 겪었는지, 이곳 주민들은 알지 못했다. 직접 겪지 않고는 모르는 법이다. 그는 길을 따라 집으로 돌아왔다. 아내와 조니는 부엌에 있었다.

"누굴 만났어요?"

"트리그 부인하고 짐. 근데 내 말을 믿지 않는 것 같아. 어쨌거나 농장에선 아무 일 없었대."

"새들 좀 치워줘요. 무서워서 들어갈 수가 없어요."

"이제 무서워할 것 없어. 다 죽은 놈들인데 뭐."

그는 자루를 챙겨 위층으로 올라가 뻣뻣하게 굳은 작은 사체들을 하나씩 자루에 담았다. 정확히 오십 마리였다. 울타리에서 흔히 보던 종류였고 개똥지빠귀 크기도 안 되는 작은 놈들이었다. 무언가로 인해 단단히 겁에 질렸던 게 분명했다. 그게 아니라면 어떻게 푸른박새나 굴뚝새가 그 작은 부리로 그의 얼굴이며 손을 쪼아댈 생각을 했겠는가. 냇은 포대를 메고 마당으로 나왔지만 새로운 문제에 봉착했다. 땅이 너무 딱딱해 파지지가 않았다. 눈이 온 것도 아니고 지난 몇 시간 동안 동풍이 불었을 뿐인데 이렇게 단단히 얼어붙다니 참으로 기이했다. 이런 급작스러운 날씨 변화는 북극권과 관계된 것이라는 일기예보가 맞는 듯했다.

머뭇거리며 자루를 메고 잠시 서 있는 동안에도 칼날 같은 바람이 뼛속을 파고들었다. 만 아래쪽에서 흰 거품을 일으키며 부서지는 파도가 보였다. 새들을 해변에 가져가 묻으면 될 것 같았다.

해안에 다다르니 동풍이 어찌나 거센지 제대로 서 있기도 어려웠다. 숨 쉬기도 고통스러웠고 맨손은 푸르게 변했다. 그가 기억하는 한 이토록 매서운 추위는 처음이었다. 썰물 때였다. 자갈을 밟고 지나가 부드러운 모래 해안에 닿은 냇은 발로 구덩이를 팠다. 새들을 구덩이에 쏟아 넣을 작정이었지만, 자루를 열자마자 죽은 새의 얼어붙은 몸뚱이들이 일제히 바람에 날려 위로 솟구치더니 해안 곳곳에 흩어져 떨어졌다. 고약한 장면이었다. 냇은 기분이 나빠졌다. 죽은 새들이 바람에 날려 자기 손에서 벗어나다니.

"밀물이 들어왔다가 빠지면 새들이 쓸려 가겠지."
그는 혼잣말을 했다.

바다를 바라보니, 거대한 파도가 녹색으로 부서지고 있었다. 높이 치솟았다가 부서지기를 반복하는 파도 소리는, 썰물 때라 멀리서 들려 덜 위협적이었다.

그 순간 그는 보았다. 먼 바다에 앉아 있는 갈매기 떼를.

파도의 흰 거품이라고 생각했던 것이 실은 갈매기였다. 수백, 수천, 수만 마리도 넘을 듯했다. 놈들은 닻을 내린 거대한 함대인 양 꼼짝 않고 단지 파도의 움직임에 따라 오르락내리락하며 물때를 기다리는 중이었다. 동쪽부터 서쪽까지, 눈길 닿는 곳 끝까지 갈매기들은 빈틈없이 대열을 이루고 있었다. 파도가 잠잠했다면 흰 구름처럼 만 전체를 뒤덮었을 것이다. 서로의 몸통을 딱 붙인 채로. 사나운 동풍 때문에 육지에서 바다로 피신한 셈이었다.

냇은 가파른 고개를 올라 집으로 향했다. 누군가가 알아야 했다. 누군가에게 알려야 했다. 동풍과 날씨 때문에 무슨 일이, 그가 알지 못하는 무슨 일이 일어나고 있었다. 버스 정류장의 공중전화로 가서 경찰에 신고할 생각도 했다. 하지만 경찰이 뭘 할 수 있을까? 아니, 누군들 뭘 할 수 있다는 말인가? 수천, 수만 마리 갈매기들이 만 바깥 바다에 모여 있다고, 폭풍우나 굶주림 때문인 것 같다고 하면 경찰은 그를 미친놈이나 술주정꾼 취급할 것이다. 잘해봐야 고작 '고맙습니다. 안 그래도 신고를 받았습니다. 추운 날씨 때문에 새들이 내륙으로 모여들고 있습니다'라고 대답하겠지. 냇은 주위를 둘러보았다. 다른 새는 한 마리도 보이지 않았다. 정말로 추위 때문에 새들이 쫓겨왔을까? 집 근처에 다다르자 아내가 문가로 나와 외쳤다. "여보, 라디오 방송에 긴급 보도가 나왔어요. 제가 적어뒀어요."

"방송에서 뭐라는데?"

"새 얘기를 했어요. 여기뿐 아니라 온 사방이 마찬가지인가봐요. 런던도 그렇고 전국이요. 새들한테 무슨 일이 생긴 모양이에요." 부부는 함께 부엌으로 갔다. 냇은 식탁에 놓인 종이를 집어 들고 읽었다.

"오늘 오전 11시 내무부 발표문입니다. 전국 곳곳의 도시, 농촌, 교외 지역에서 새들이 거대한 무리를 이뤄 도로를 막고 기물을 파손하며 인명까지 공격하고 있다는 보고가 매시간 들어오고 있습니다. 현재 영국 상공을 뒤덮은 북극기류가 새 떼의 대규모 이동을 야기한 것으로 보입니다. 굶주림 때문에 새들이 인명을 공격할 가능성도 있습니다. 각 가정에서는 창문, 출입문, 굴뚝을 단속해주시고 자녀들의 안전에도 유의하시기 바랍니다. 추후 다시 발표가 있을 예정입니다.”

냇은 뭔가 짜릿한 기분이었다. 의기양양하게 아내를 보았다.

“이거 봐. 농장 사람들도 이걸 들었어야 했는데. 이제 농장 안주인도 내 얘기가 꾸며낸 것이 아니란 걸 알겠군. 다 사실이야. 전국이 다 그렇군. 아침 내내 뭔가 잘못되었다는 생각이 들더라니. 좀 전에 해변에 내려가서 바다를 봤더니 갈매기가 수천, 수만 마리 몰려 있지 뭐야. 바늘 하나 꽂아 넣을 틈이 없을 정도로 빽빽하게 파도 위에 앉아 기다리는 중이더라고.”

“여보, 뭘 기다리는 거죠?”

그는 아내를 보다가 다시 들고 있던 종이로 시선을 떨어뜨렸다.

"나도 몰라. 여기 발표에서는 새가 굶주렸다고 하
는군." 그가 천천히 대답했다.

그는 망치와 공구를 넣어두는 서랍으로 다가갔다.

"뭘 하려고요?"

"창문과 굴뚝을 손봐야지. 발표문에도 나와 있잖아."

"창문을 닫으면 어떻게 들어오겠어요? 참새나 울새
가 무슨 수로요?"

그는 대답하지 않았다. 참새나 울새는 문제가 아니
었다. 갈매기가 문제였다…….

그는 2층으로 올라가 오전 내내 침실 창문에 판자
를 대는 작업을 했고 굴뚝 아래도 막았다. 마침 농장
일이 없는 날이라 다행이었다. 전쟁 초의 일이 떠올랐
다. 결혼 전이었는데, 플리머스의 어머니 집 창문마다
이렇게 판자를 대고 방공호도 만들었더랬다. 결정적
순간에는 다 쓸모가 없긴 했지만. 문득 농장에서도 조
치를 하고 있는지 궁금해졌다. 아닐 것 같았다. 주인
내외는 너무 느긋한 사람들이었다. 아마 웃어넘길 것
이었다. 춤추러, 아니면 카드놀이를 하러 외출했을지
도 몰랐다.

"식사 준비됐어요!" 아내가 부엌에서 불렀다.

“그래. 내려갈게.”

그는 작업 결과가 마음에 들었다. 판자는 창틀이며 굴뚝 바닥에 딱 들어맞았다.

밥을 먹고 나서 아내가 설거지를 하는 동안 냇은 라디오를 켰다. 1시 뉴스에서는 아내가 아침에 받아 적은 발표 내용이 반복되었고 내용이 약간 추가되었다.

“새 떼가 전국적으로 혼란을 야기하고 있습니다. 오전 10시, 런던의 하늘은 마치 도시 전체가 검은 구름에 덮인 것처럼 어두워졌습니다. 새들은 지붕 위와 창턱, 굴뚝에 내려앉았습니다. 종달새, 개똥지빠귀, 참새를 비롯해 대도시에 많은 비둘기와 찌르레기, 템스강에 자주 나타나는 검은머리갈매기까지 뒤섞여 있습니다. 너무도 이례적인 광경에 도로의 차들이 멈춰 서고 상점과 사무실에서는 업무가 중단되었으며 거리는 새를 보러 나온 구경꾼들로 가득합니다.”

새 떼로 인한 사고 소식이 이어지고 이유는 추위와 굶주림으로 보인다는 설명이 나왔으며 각 가정의 주의를 당부한다는 말이 덧붙었다. 뉴스 진행자의 목소리는 매끄럽고 침착했다. 냇은 그 남자 진행자가 보도 내용을 가벼운 농담처럼 여긴다는 인상을 받았다.

어둠 속에서 새 떼와 싸우는 게 어떤 일인지 모르는 사람들은 다들 그럴 것이다. 오늘 밤에도 런던에서는 파티가 열리겠지. 사람들은 고함지르고 웃으며 술에 취할 것이다. '자, 새들 구경하러 가자!'라며 신나게 몰려갈지도 모른다.

냇이 라디오를 껐다. 그리고 자리에서 일어나 부엌 창문을 손보기 시작했다. 아내가 그를 지켜보았고 어린 조니는 엄마 뒤를 졸졸 따라다녔다.

"여기도 판자를 대려고요? 그럼 3시 전부터 불을 켜야 해요. 아래층은 안 해도 될 것 같은데."

"나중에 후회하는 것보다 미리 대비하는 게 좋아. 혹시 모르잖아." 냇이 대답했다.

"지금 필요한 일은 군대를 내보내 새들을 쏘는 거예요. 그럼 금방 겁먹고 흩어지지 않겠어요?"

"글쎄, 그게 가능할까?"

"부두 노동자들이 파업하면 바로 군대가 오잖아요. 군인들이 배에 탄 사람들을 다 끌어내던걸요."

"그렇지. 하지만 런던 인구만 해도 800만 명이 넘어. 건물이며 집들이 얼마나 많은데 지붕마다 다니면서 새에게 총을 쏠 만큼 병사들이 충분할까?"

"그야 나도 모르죠. 다만 뭔가 해야 한다는 말이에요."

이 순간 높은 분들도 분명 고민하고 있을 터였다. 하지만 런던이나 대도시에서 어떻게 대처하기로 결정하든 500킬로미터나 떨어진 이곳과는 별 상관 없는 일이었다. 각 가정에서 스스로를 지켜내야 했다.

"먹을 것도 다 떨어져가지?" 냇이 물었다.

"그건 또 왜요?"

"그냥 물어보는 거야. 지금 뭐가 남았지?"

"내일이 장 보는 날이잖아요. 내가 음식 재료를 쟁여두는 편도 아니고. 다 상해버리니까요. 고기 장수는 모레나 돼야 올 거예요. 내일 나가서 이것저것 사 올게요."

냇은 아내를 걱정시키고 싶지 않았다. 내일 마을에 나갈 수 없을지도 몰랐다. 그는 직접 식품 저장고와 찬장을 살펴보았다. 며칠은 버틸 만했다. 다만 빵은 별로 없었다.

"빵 장수는 언제 오지?"

"내일 올 거예요."

다행히 밀가루가 있었다. 양을 보니, 빵 장수가 오

지 않는다 해도 직접 빵을 구워 먹으면 며칠은 버틸 수 있을 듯했다.

"옛날이 좋았어." 냇이 말했다. "그때는 여자들이 한 주에 두 번씩 빵을 굽고 정어리도 절였지. 갇혀 있어도 버틸 만한 식량이 있었어."

"애들한테 생선 통조림을 줘봤는데 싫어하더라고요."

냇은 부엌 창문에 판자를 대고 못질을 했다. 초 생각이 났다. 초 역시 거의 떨어진 상태라 더 필요했다. 아내는 내일 사 올 작정이었을 것이다. 초는 달리 구할 방법이 없을 텐데. 오늘 밤은 일찍 잠자리에 들어야 했다. 만일의 사태에 대비해……

그는 뒷문으로 나가 마당에 서서 바다를 내려다보았다. 3시도 안 된 시간이었지만 벌써 어두컴컴했다. 잔뜩 찌푸리고 흐린 하늘 아래로 사나운 파도가 바위에 부서지고 있었다. 그는 해변을 향해 반쯤 다가가다가 멈췄다. 물때가 바뀌어 있었다. 오전에 보았던 바위가 이제 물에 잠겨 있었다. 하지만 그의 시선이 멈춘 곳은 바다가 아니었다. 갈매기들이 날아오르고 있었다. 날아오른 수백 수천 마리 갈매기들은 바람에 맞서 날개를 퍼덕이며 맴돌았다. 그놈들 때문에 하늘이 더 어두워졌다. 놈들은 아무 소리도 내지 않고 그저 바람에 맞서는 자기 힘을 시험이라도 하듯 원을 그리며 오르락내리락할 뿐이었다.

냇이 돌아서서 집을 향해 달려갔다.

"질을 데리러 갈게. 버스 정류장에서 기다려야겠어."

"무슨 일이에요? 당신 얼굴이 창백해요." 아내가 말했다.

"조니를 집 밖에 내보내지 마. 문은 꼭 닫고, 불을 켜고 커튼은 내려놔."

"이제 3시가 지났을 뿐이에요."

"상관없어. 내 말대로 해."

그는 뒷문 바깥에 있는 연장 창고로 갔다. 쓸 만한 것이 없었다. 삽은 너무 무거웠고 갈퀴는 소용없을 듯했다. 괭이를 집어 들었다. 유일하게 쓸모 있어 보이면서도 들고 다닐 만한 게 괭이였다.

그는 버스 정류장을 향해 걸어가면서 가끔씩 뒤를 돌아보았다.

갈매기들은 더욱 높은 곳에서 더 큰 원을 그리면서 하늘 전체를 뒤덮고 있었다.

그는 걸음을 재촉했다. 버스는 빨라도 4시가 되어야 언덕에 도착한다는 것을 알고 있었지만 그래도 마음이 급했다. 가는 길에 아무도 만나지 못한 건 다행이었다. 멈춰서 잡담을 나눌 시간이 없기 때문이다.

언덕 위에 도착한 그는 기다렸다. 너무 일찍 와서 30분은 기다려야 할 판이었다. 동풍은 높은 지역에서부터 아래쪽으로 불어왔다. 그는 발을 구르고 손을 호호거렸다. 무거운 납빛 하늘을 배경으로 희고 깨끗한 점토질 언덕들이 보였다. 그런데 언덕 뒤에서 무언가 솟아올랐다. 처음에는 작은 얼룩 같았지만 점점 커지더니 구름이 되었고, 그 큰 구름은 동서남북으로 갈라졌다. 구름이 아니었다. 새 떼였다. 그는 새들의 비행을 지켜보았다. 한 무리가 60~90미터 높이에서 냇의 머리 위를 지나갔다. 속도로 보아 내륙으로 향하는 것이 분명했다. 그 무리는 이곳 사람들한테는 볼일이 없는 모양이었다. 떼까마귀, 까마귀, 갈까마귀, 까치, 어치 등 평소라면 작은 먹이들을 찾았을 놈들이 오늘은 다른 임무를 띠고 한데 모여 어디론가 가고 있었다.

"도시로 가고 있군. 자기들이 맡은 일이 무엇인지

아는 거야. 이곳은 다른 놈들한테 맡기고 신경 안 쓰겠다는 거지. 갈매기가 우릴 맡고, 다른 새들은 도시를 맡기로 한 거야."

냇은 공중전화 부스로 들어가 수화기를 들었다. 교환수에게 소식 전달을 부탁해야 했다.

"하이웨이 버스 정류장에서 전화를 겁니다. 새들이 큰 무리를 지어 내륙 쪽으로 올라가고 있습니다. 이 사실을 알리고 싶습니다. 만에는 갈매기들이 무리 지어 있습니다."

"알겠습니다." 피곤한 목소리가 짧게 대답했다.

"관련 기관에 이 소식을 꼭 좀 전해주십시오."

"네, 네." 어서 끊으라는 말투였다. 다시 신호 대기음이 들렸다.

그는 생각했다. 교환수도 마찬가지로 관심이 없어. 하루 종일 전화 응대를 하느라 지쳤을 테고 오늘 밤 영화 보러 갈 생각이나 하겠지. 남자 친구 손을 잡고 하늘을 올려다보며 '저 새들 좀 봐, 굉장한데!'라고 말하는 게 고작이겠지. 겨우 그 정도겠지.

버스가 언덕으로 올라왔다. 질과 다른 아이 서넛을 내려놓고는 다시 도시 쪽을 향해 출발했다.

“괭이는 왜 가져왔어, 아빠?”

아이들이 그를 둘러싼 채 웃고 떠들어 댔다.

“그냥 가져온 거야. 자, 이제 다들 집으로 가자. 날씨가 추우니 바깥에서 놀면 안 돼. 자, 너희들이 들판을 가로질러 얼마나 빨리 뛰어가는지 아저씨가 보고 있을 테다!”

그는 질의 친구들, 공공 임대주택에 사는 아이들에게 말했다. 들판을 가로지르는 것은 아이들 집으로 가는 지름길이었다.

“잠깐 놀고 가면 안 돼요?” 한 아이가 물었다.

“안 돼. 당장 집으로 가야 해. 안 그러면 엄마한테 이를 거야.”

아이들은 눈이 휘둥그레져서 잠시 수군거리더니 들판을 가로질러 달리기 시작했다. 질은 샐쭉해서 아빠를 쳐다보았다.

“우린 늘 놀다 간단 말이야.”

“오늘은 안 된단다. 자, 가자. 꾸물거리지 말고.”

어느새 갈매기들이 뭍으로 다가와 원을 그리며 날고 있었다. 아직 조용했다. 아무 소리도 없었다.

“아빠, 저걸 봐. 저 갈매기들 좀 봐.”

“그래, 어서 가자.”

“어디로 날아가려는 걸까? 어디로?”

“뭍 쪽으로 오려는 모양이야. 여기가 더 따뜻하거든.”

그는 아이 손을 붙잡고 잡아당겼다.

“아빠, 너무 빨리 가지 마. 못 따라가겠어.”

이제 갈매기들은 좀 전에 떼까마귀나 까마귀가 그랬던 것처럼 움직였다. 하늘 전체를 뒤덮었다가 수천 마리씩 네 무리로 나뉘어 각각 동서남북으로 향했다.

“아빠, 저게 뭐야? 갈매기들이 뭘 하는 거야?”

까마귀나 갈까마귀가 그랬듯 갈매기들도 무심히 날고 있는 것이 아니었다. 아직은 여전히 머리 위에서 원을 그리며 날았다. 너무 높이 올라가지도 않았다. 무슨 신호를 기다리는 듯했다. 아직 명령이 하달되지 않은 것이다. 아니면 명령이 불분명하거나.

“질, 아빠가 업어줄까? 자, 업혀라.”

그러면 더 빨리 갈 수 있을 것 같았다. 하지만 질은 생각보다 무거워 자꾸 미끄러졌다. 속도가 나지 않았다. 게다가 질이 울기 시작했다. 아버지의 공포감이 딸에게 전해진 것이다.

"갈매기들이 가버렸으면 좋겠어. 갈매기 싫어. 자꾸 가까워지고 있잖아."

냇은 아이를 내려놓고 손을 잡아끌며 달리기 시작했다. 농장을 지날 때 농장 주인 트리그 씨가 차를 타고 차고에서 나오는 모습이 보였다. 냇이 그를 불렀다.

"저희 좀 태워주실 수 있나요?"

"무슨 일인가?"

운전석에 앉은 트리그 씨가 두 사람 쪽으로 고개를 돌렸다. 혈색 좋고 쾌활한 얼굴에 미소가 번졌다.

"재미있는 일이 벌어진 것 같군. 갈매기들 보았나? 지금 짐이랑 잡으러 가는 길이야. 다들 새 때문에 난리야. 새 이야기만 해. 자네도 간밤에 고생했다면서. 총 한 자루 가져가겠나?"

냇이 고개를 저었다.

작은 차는 꽉 찬 상태였다. 뒷좌석 석유통 위에 질만 간신히 앉힐 수 있을 듯했다.

"총은 필요 없습니다. 질만 집까지 좀 태워주세요. 새를 무서워해서요."

냇은 그렇게만 말했다. 아이가 듣는 앞에서 자세히

말하기가 조심스러웠다.

"좋아. 데려다주지. 자네는 여기서 기다리다가 사냥에 합류하면 어떤가? 싹 잡아버리자고."

질이 차에 타자 차는 속도를 높였다. 냇도 출발했다. 트리그 씨가 돌아버린 모양이야. 온 하늘이 새 천지인데 총이 무슨 소용이람?

질을 맡기고 나니 주변을 둘러볼 여유가 생겼다. 새들은 여전히 벌판 위에서 원을 그리며 날아다녔다. 대부분이 재갈매기였고 간혹 검은머리갈매기가 섞여 있었다. 보통은 어울리지 않는 놈들인데 지금은 한 무리가 된 것이다. 무언가가 서로 다른 종을 연결시킨 것이다. 한 번도 본 적은 없지만 검은등갈매기의 경우 작은 새들은 물론 갓 태어난 새끼 양까지 공격한다는 얘기가 있었다. 낮은 고도에서 원을 그리며 무리를 이끄는 선두를 가만히 살펴보니, 얘기로만 들었던 바로 그 검은등갈매기였다. 목표 지점은 농장이었다. 농장을 향해 날고 있었다.

걸음을 재촉하는 냇 앞으로 농장 주인의 차가 달려오더니 끽 소리를 내며 옆에 멈추어 섰다.

"아이는 집에 들어갔네. 아이 엄마가 기다리고 있

더군. 그래, 자네는 어쩌겠나? 도시 사람들 말로는 러시아 놈들 짓이래. 러시아 놈들이 새한테 독을 먹였다는군.”

“그게 가능한 일인가요?” 냇이 물었다.

“그거야 난 모르지. 소문이라는 게 그렇잖아. 같이 사냥 가지 않을 텐가?”

“아뇨. 전 집으로 가겠습니다. 아내가 걱정할 겁니다.”

“우리 집사람은 갈매기 고기를 먹을 수 있다면 사냥해도 좋다고 하더군. 굽기도 하고 찌기도 하고 피클로도 만들겠다고. 하여튼 내가 놈들 혼쭐을 내주고 올 테니 두고 보게.”

“창문에 판자는 대셨나요?” 냇이 물었다.

“아니. 무슨 말이 되는 소리여야지. 라디오에서 괜히 겁주는 거야. 할 일이 얼마나 많은데 창문에 판자나 대고 있으라는 거야.”

“저라면 지금이라도 조치를 취하겠습니다.”

“자네도 참. 겁나면 오늘 우리 집에 와서 자겠나?”

“아닙니다. 말씀은 고맙지만.”

“좋아. 그럼 아침에 보자고. 갈매기 코스 요리를 대

접할 테니.”

농장 주인은 싱긋 웃으며 다시 농장 쪽으로 차를 몰았다.

냇은 서둘렀다. 작은 숲과 낡은 헛간을 지나고 벌판으로 접어들었다.

그 순간 귓가에서 날갯짓 소리가 울렸다. 검은등갈매기가 그를 향해 곧장 달려들었다가 빗나간 후 다시 날아오르는 소리였다. 곧 다른 새들이 합세했다. 검은등갈매기와 재갈매기가 여섯, 일곱, 열 마리까지 함께 그를 공격했다. 냇은 괭이를 팽개쳤다. 괭이는 아무 소용 없었다. 두 팔로 머리를 감싸고 그는 집을 향해 달렸다. 새들은 계속 달려들었고 세찬 날갯짓이 적막을 갈랐다. 소름 끼치는 날갯짓 소리였다. 손과 팔목, 목에 피가 흐르고 있었다. 부리에 한 번 쪼일 때마다 살점이 떨어졌다. 두 눈만 지켜낼 수 있으면 나머지는 중요하지 않았다. 새들이 눈을 공격하지 못하게 해야 했다. 새들은 아직 어깨에 매달리는 법이나 옷을 찢는 법, 한꺼번에 머리나 몸에 달라붙는 법은 모르는 모양이었다. 하지만 공격을 이어가면서 점점 대담해졌다. 자기 몸뚱이는 어찌 되든 상관하지 않았다.

달려들다가 빗나가 땅에 떨어지는 바람에 날개가 부러지고 머리가 깨지는 새들이 부지기수였다. 냇은 죽은 새들을 차내면서 달렸다.

마침내 집에 다다른 그가 피 흐르는 손으로 문을 두드렸다. 창문에 판자를 덧댄 덕분에 빛이 전혀 새어 나오지 않았다. 사방이 암흑이었다.

"나야, 어서 문 열어! 어서!"

갈매기들의 날갯짓 소리를 넘어서려면 고함을 질러야 했다.

냇은 자신을 겨냥해 달려드는 가마우지 한 마리를 보았다. 나머지 갈매기들은 위로 물러나 원을 그리며 날고 있었다. 남은 것은 그 가마우지뿐이었다. 가마우지 한 마리. 날개를 몸통에 붙인 가마우지가 폭탄처럼 떨어져 내렸다. 냇이 비명을 질렀고 문이 열렸다. 냇이 비틀거리며 문턱을 넘자마자 아내가 온몸의 체중을 실어 문을 닫았다.

떨어져 내리던 가마우지가 쾅 하며 문에 부딪히는 소리가 났다.

아내가 냇의 상처를 소독했다. 깊은 상처는 아니었

다. 손등, 그리고 손목이 제일 심한 상태였다. 모자를 쓰지 않았더라면 머리도 공격받았을 것이다. 게다가 그 가마우지……. 가마우지는 머리통을 두 조각 낼 수도 있었으리라.

아이들이 울음을 터뜨렸다. 아버지 손에서 흐르는 피를 본 것이다.

"이제 괜찮아." 그가 아이들을 달랬다. "아프지 않아. 그냥 긁힌 것뿐이야. 질, 조니 데리고 가서 놀아줘. 엄마는 아빠 긁힌 데 닦아줘야 하니까."

그는 아이들이 자신을 못 보도록 식품 저장고 문을 반쯤 닫았다. 아내 얼굴이 창백했다. 아내가 수돗물을 틀었다.

"위쪽에 새들이 모여 있었어요." 속삭이는 소리였다. "질이 트리그 씨랑 왔을 때부터 모여들기 시작했어요. 서둘러 문을 닫다 보니 문이 꽉 끼어버렸나봐요. 그래서 금방 열지 못했어요."

"다행히 새들이 날 기다렸던 모양이군. 질 같으면 바로 쓰러졌을 거야. 한 마리만 공격했어도."

아내가 그의 손과 목 뒤에 반창고를 붙이는 동안 두 사람은 아이들이 놀라지 않도록 가만가만 이야기를 주고받았다.

"내륙으로 향하고 있어. 수천 마리도 넘어. 떼까마귀, 까마귀, 더 큰 새들까지 전부. 버스 정류장에서 봤더니 도시를 향해 날아가더라고."

"그래도 새들이 뭘 어쩌겠어요?"

"공격할 거야. 거리에 나와 있는 사람들 한 명 한 명을 공격하겠지. 그리고 창문이나 굴뚝을 뚫고 들어갈 테고."

"나라에서는 왜 아무것도 안 하는 거죠? 군대나 기관총이나 뭐든 동원해야 하지 않아요?"

"시간이 없었어. 아무도 준비하지 못한 거야. 나중에 6시 뉴스에서 뭐라고 하는지 들어봐야지."

냇은 아내 뒤를 따라 부엌으로 되돌아갔다. 조니는 바닥에서 조용히 놀고 있었다. 질은 불안한 표정이었다.

"아빠, 새들 소리가 들려."

냇이 귀를 기울였다. 창문과 문에서 둔탁한 소리가 들렸다. 새들은 날개로 표면을 쓸고 발톱으로 긁어대며 들어올 방법을 찾고 있었다. 창턱을 꽉 채운 작은 몸통들이 함께 창문을 밀어대는 소리도 들렸다.

온몸으로 돌진한 새들이 퍽 하며 벽에 부딪쳐 떨어지는 소리도 간간이 더해졌다. 그는 생각했다. '저렇게 해서 일부는 저절로 죽겠군. 그래봤자 얼마 안 될 테지만.'

"괜찮아, 질. 아빠가 판자를 대놓았거든. 안으로는 들어오지 못해."

그는 집 안을 돌아다니며 창문을 다 점검했다. 조치는 완벽했다. 틈새는 다 막혀 있었다. 그래도 더 확실히 해둘 작정으로 그는 쐐기와 양철 조각, 나뭇조각과 쇳조각을 가장자리에 밀어 넣어 판자가 더 단단히 고정되도록 했다. 망치질을 하다 보니 새들이 서로 부딪히는 소리, 날갯짓 소리, 두드리는 소리, 그리고 다른 무엇보다 금 간 유리가 갈라지는 공포스러운 소리(이것만은 아내와 아이들이 제발 듣지 못했으면 싶었다)에서 잠시 벗어날 수 있었다.

"라디오 켜봐. 뉴스나 들어보게."

라디오 소리도 바깥 소리를 가려줄 것이었다. 그는 2층으로 올라가 그곳 창문에도 보완 조치를 했다. 2층에서는 지붕 위에서 새들이 돌아다니고 긁어대는 소리가 들렸다.

그는 벽난로를 피운 채 온 식구가 부엌에 모여 자기로 결정하고 부엌 바닥에 깔 매트리스를 끌어내리기로 했다. 2층 굴뚝이 걱정스러웠던 것이다. 굴뚝 바닥에 대놓은 판자는 오래 버티지 못할 수도 있었다. 부엌에서는 불을 지피는 한 안전했다. 아이들한테는 캠프 놀이를 하자는 식으로 장난처럼 얘기해야 했다. 최악의 경우 새들이 침실 굴뚝으로 들어오더라도 방문을 부수고 나오려면 몇 시간, 며칠이 걸릴 것이다. 아무도 해치지 못한 채 침실에 갇혀 있다 보면 숨이 막혀 죽기도 하겠지.

그는 매트리스를 옮기기 시작했다. 아내 눈이 휘둥그레졌다. 새들이 벌써 2층에 들어왔다고 생각한 것이다.

"아무것도 아니야." 그는 명랑하게 말했다. "오늘은 우리 다 같이 부엌에서 자자. 벽난로 옆에서 자면 더 편안할 거야. 멍청한 새들이 창문 두드릴 걱정도 안 해도 되고."

부엌 가구들을 조금씩 옮기는 일은 아이들도 돕게 했다. 그리고 아내와 함께 큰 벽장을 창문 앞에 옮겨 놓았다. 크기가 딱 들어맞았다. 안전장치가 보강된 것이다. 장이 서 있던 벽 앞에 매트리스를 나란히 깔 공간이 나왔다.

그는 생각했다. ‘이 정도면 충분히 안전해. 방공호처럼 튼튼하고 안전하군. 버틸 수 있겠어. 문제는 음식이야. 식료품이랑 석탄이 필요해. 이틀이나 사흘은 괜찮겠지만 더 오래 걸린다면……’

그렇게 멀리 내다보며 걱정한다고 무슨 소용이겠는가. 라디오에서도 뭔가 지시가 나오겠지. 뭘 어떻게 해야 하는지 설명해줄 것이다. 그런데 이렇게 복잡한 상황에서 라디오는 댄스음악만 내보내고 있었다. 평소 같으면 어린이 방송을 할 시간인데. 그는 주파수를 확인했다. 늘 듣던 주파수가 맞았다. 댄스음악이라니. 이유는 분명했다. 정규 방송이 중단된 것이다. 선거 때 같은 극히 예외적인 경우에만 일어나는 일이었다. 런던 대규모 공습 때도 이런 일이 있었는지 기억을 더듬어보니 과연 그랬다. 전쟁 동안 BBC 방송국은 런던을 떠나 임시 사무실에서 방송을 내보냈었다. 그는 생각했다. ‘여기 있어서 다행이야. 여기 부엌이 안전해. 창문은 물론 문도 다 막혀 있으니까. 도시보다도 훨씬 나아. 도시가 아니라는 게 고맙군.’

6시가 되자 음악이 그치고 시보가 울렸다. 아이들이 겁을 먹더라도 뉴스는 꼭 들어야 했다. 삐 소리 후 잠시 정적이 흘렀고 이윽고 진행자가 말을 시작했다. 무겁고 심각한 목소리였다. 낮 1시 뉴스와는 사뭇 달랐다.

"런던입니다. 오늘 오후 4시를 기해 국가비상사태가 선포되었습니다. 인명과 재산을 보호하기 위한 조치가 취해지고 있지만 사상 초유의 위기 사태임을 감안하면 즉각적 해결은 쉽지 않아 보입니다. 각 가정에서는 건물에 안전 조치를 취해주십시오. 아파트 등 공동주택의 경우에는 모두 협력해 새가 들어오지 못하도록 하시기를 부탁드립니다. 오늘 밤에는 외출을 삼가고 모두 집 안에 머무르시기 바랍니다. 새들이 대규모로 사람을 공격하고 있고 건물 침입도 시작된 상황입니다. 충분히 주의를 기울이신다면 이런 침입은 막을 수 있습니다. 이번 사태의 예외적 특성으로 인해 내일 오전 7시까지는 방송 송출이 중단될 예정입니다."

이어 국가가 연주되더니 방송이 끊겼다. 냇이 라디오를 껐다. 그와 아내가 서로를 바라보았다.

"뭐라는 거야? 뉴스에서 뭐라고 했어?" 질이 물었다.

"오늘 밤에는 방송 안 한대. BBC가 고장인가봐." 냇이 대답했다.

"새들 때문이야? 새가 그런 거야?" 질이 다시 물었다.

"아니야. 사람들이 다 바빠서 그런 거야. 도시를 엉망으로 만들고 있는 새들은 다 없애버릴 거야. 하룻밤 정도는 라디오 방송 안 나와도 아무 문제 없어."

"우리 집에도 축음기가 있으면 좋을 텐데. 아무것도 못 듣는 것보다는 낫잖아." 질이 말했다.

질은 창문 앞에 대놓은 벽장 쪽으로 고개를 돌렸다. 무시하는 척하긴 해도 그쪽에서 들려오는 소리, 새들이 계속 쪼고 날개로 쓸고 걸어 다니고 긁어대는 소리를 온 식구가 의식하고 있었다.

"저녁은 일찌감치 먹자. 뭔가 맛있는 걸로. 엄마한테 물어봐. 치즈 토스트는 어떨까? 우리 모두 좋아하는 걸로 먹자." 냇이 말했다.

그는 아내에게 눈을 찡긋하며 고개를 끄덕였다. 질의 얼굴에서 불안한 표정을 지우고 싶었다.

아내를 도와 저녁 준비를 하면서 그는 휘파람도 불고 노래도 부르고 할 수 있는 한 신나게 떠들어대기도 했다. 아까보다는 날개로 쏠어내리거나 두드리는 소리도 줄어든 것 같았다. 2층 침실로 올라가 귀를 기울였지만 지붕 위에서 돌아다니는 소리도 더 이상 들리지 않았다.

'판단을 할 줄 아는 놈들이야.' 그는 생각했다. '여기는 뚫기 어렵겠다는 걸 알고 다른 곳을 공격하는 모양이군. 시간을 낭비하지 않겠다는 거지.'

저녁 식사 시간은 무사히 지나갔다. 식탁을 정리하고 있을 때 새로운 소리가 들렸다. 우웅 하는 익숙한 소리, 모두가 아는 그 소리였다.

아내가 밝아진 표정으로 그를 보았다. "비행기예요! 새들을 퇴치하려고 비행기를 보냈군요! 이제 해결되겠네요. 저건 총소리 아니에요? 당신도 총소리 들리죠?"

바다 쪽에서 총성이 들리는 것도 같았다. 냇은 확실히 뭐라 말하기 어려웠다. 해군 함포라면 바다의 갈매기들에게 위력을 발휘할 수 있겠지만 지금 갈매기들은 내륙에 들어와 있지 않은가. 사람들이 사는 해안가에 포를 쏠 수는 없을 것이다.

"비행기 소리를 들으니 정말 좋네요, 그렇죠?" 아내가 말했다.

질은 다시 활기를 되찾고 조니와 함께 깡충깡충 뛰었다. "비행기가 새들을 잡을 거야. 비행기에서 총을 쏜대."

뒤이어 3킬로미터 정도 거리에서 무언가 쿵 하는 소리가 울렸다. 두 번째, 세 번째 쿵 소리도 이어졌다. 우웅 하는 소리가 점점 멀어지더니 먼 바다 쪽으로 사라졌다.

"저건 뭘까요? 새들한테 폭탄을 떨어뜨렸나?" 아내가 물었다.

"모르겠는걸. 그건 아닌 것 같아." 냇이 대답했다. 비행기가 추락하는 소리라고는 굳이 말하고 싶지 않았다. 정찰비행기를 내보냈군. 자살행위라는 걸 몰랐단 말인가. 프로펠러와 기체로 죽자고 날아드는 새 떼 앞에서 비행기가 추락하는 것 외에 무얼 할 수 있을까? 전국적으로 이런 일이 벌어지겠군. 군인들이 희생되고. 저 윗사람들이 제정신이 아닌 모양이야.

"아빠, 비행기는 어디로 갔어?" 질이 물었다.

"기지로 돌아갔단다. 자, 이제 잠자리에 들 시간이야."

아내는 벽난로 앞에서 아이들 옷을 갈아입히고 잠자리를 보느라 분주해졌다. 그 틈에 그는 다시 한 번 집 곳곳을 돌아다니며 괜찮은지 살폈다. 더는 비행기 소리도, 대포 소리 같은 것도 없었다. 냇이 중얼거렸다. "무의미한 인명 손실이야. 그런 식으로는 새들을 물리칠 수 없어. 대가만 너무 커. 가스전은 어떨까. 독가스를 살포하는 거야. 주민들한테는 물론 살포 전에 알려줘야겠지. 나라에서 최고로 머리 좋은 사람들이 오늘 밤이면 뭔가 방법을 찾지 않을까."

그런 생각을 하자 좀 기운이 났다. 그는 과학자, 동물학자, 기술자, 국가 비밀 조직 연구원들이 다 함께 모여 해결 방법을 의논하는 모습을 상상했다. 정부나 참모총장은 과학자들이 결정한 사항을 실행에 옮기는 역할에 그쳐야 할 것이다.

그는 생각했다. '인정사정 두지 말아야 해. 문제가 제일 심각한 곳에서 가스를 사용한다면 어느 정도 인명 피해가 불가피할 거야. 가축이나 토양도 피해를 입겠지. 사람들이 자제력을 잃지만 않으면 돼. 자제

력을 잃으면 그야말로 수습하기 어려워져. BBC도 바로 그걸 경고했던 거고.'

2층 침실은 조용했다. 창문을 긁거나 두드리는 소리도 없었다. 전투 중 소강상태인가? 병력 재배치인가? 예전 전쟁 때 쓰던 말들이었다. 바람은 여전히 누그러들지 않아 굴뚝을 울렸다. 바닷가 쪽에서 들려오는 파도 소리도 요란했다. 순간 물때 생각이 났다. 물때가 바뀔 즈음이었다. 전투 중 소강상태는 물때 때문인지도 몰랐다. 새들이 따르는 명령, 그건 동풍과 물때가 결정하는 것 같았다.

시계를 보니 8시가 가까웠다. 한 시간 전이 만조였다. 새들은 밀물과 함께 공격해온 것이다. 도시에서는 다른 방식이었을지 몰라도 여기 해안가에서는 그런 것 같았다. 냇은 시간을 계산해보았다. 앞으로 여섯 시간 동안은 고요하겠군. 다시 밀물 때가 되면, 그러니까 새벽 1시 20분쯤 되면 새들이 다시 돌아올 거야…….

할 수 있는 일은 두 가지였다. 첫째는 식구들과 함께 휴식을 취하는 것. 새벽까지 어떻게든 눈을 붙여야 했다. 둘째는 밖으로 나가 농장 사람들은 어떤지,

전화가 아직 연결되어 바깥소식을 들을 수 있는지 확인하는 것이었다.

냇이 작은 소리로 아내를 불렀다. 막 아이들을 눕혀 놓은 아내가 2층 계단을 반쯤 올라왔다.

"가면 안 돼요." 말을 꺼내자마자 아내는 반대했다. "나하고 애들만 놔두고 가면 안 된다고요. 난 견디지 못할 거예요."

아내의 목소리가 신경질적으로 높아졌다. 그는 아내를 달랬다.

"알았어. 알았다고. 아침까지 기다릴게. 7시에 라디오 뉴스를 들어보자고. 하지만 아침 썰물 때가 되면 농장에 가볼게. 빵이랑 감자, 우유를 좀 얻어 올 수 있을 거야."

냇은 비상사태에 대비해 계획을 세우느라 바빴다. 오늘 저녁에는 농장에서도 소젖을 짜지 못했을 것이다. 소들이 농장 입구나 마당을 서성거리며 젖 짜주기를 기다려도 농장 사람들은 판자로 막아놓은 집 안에 머물렀겠지. 그렇게 대처할 시간이 있기만 했다면. 냇은 자동차 운전석에서 미소 짓던 농장 주인 트리그 씨를 떠올리면서 정말로 사냥에 나서지는 않았을 거라 여겼다.

아이들은 잠들었다. 아내는 옷도 갈아입지 않고 잠자리에 앉아 남편을 바라보았다. 불안한 눈빛이었다.

"어떻게 할 생각이에요?" 아내가 속삭였다.

그는 조용히 하라고 고개를 저었다. 그리고 가만히 뒷문을 열고 밖을 내다보았다.

밖은 그야말로 암흑이었다. 바다에서 불어오는 얼음처럼 차가운 바람이 기세등등하게 몰아쳤다. 그는 문밖 계단에서 발길질을 해야 했다. 새들이 산을 이루고 있었던 것이다. 사방이 죽은 새들이었다. 창 아래에도, 벽 바깥에도. 무조건 돌진하여 자살한 새들, 목이 부러진 새들, 어디를 보든 천지가 새들 사체였다. 살아 있는 것은 하나도 없었다. 산 놈들은 물때가 바뀌면서 전부 바다로 물러간 모양이었다. 갈매기들은 아까처럼 바다 위를 날아다니고 있겠지.

이틀 전에 트랙터가 땅을 갈았던 저 멀리 언덕에서 무언가가 불타고 있었다. 추락한 비행기였다. 바람 때문에 불이 건초 더미까지 옮겨붙어 있었다.

새들의 사체를 바라보던 냇은 그것들을 창틀에 차곡차곡 쌓아 올리면 다음번 공격 때 추가 방어책이 되겠다 싶었다. 큰 도움은 되지 못하더라도. 새들이 창턱에 앉아 창을 공격하기 전에 우선 이 사체들부터 쪼고 할퀴고 밀게끔 만드는 것이다. 그는 어둠 속에서 일을 시작했다. 기분 나쁜 일이었다. 사실 만지기도 싫었다. 아직도 온기가 남아 있고 피가 흐르는 사체였다. 깃털은 피로 엉겨 붙은 채였다. 구역질이 났지만 그는 작업을 계속했다. 유리창은 하나같이 박살이 난 상태였다. 새들이 집에 들어오지 못한 것은 오로지 판자 덕분이었다. 그는 깨진 유리 사이에 피 흐르는 사체들을 밀어 넣었다.

일을 마치고 다시 집으로 들어왔다. 뒷문 앞에도 바리케이드를 쳐 이중으로 안전장치를 해두었다. 새들 피로 끈적해진 밴드를 떼고 새것을 붙였다.

그러고는 아내가 만들어준 코코아를 허겁지겁 마셨다. 몹시 목이 말랐던 것이다.

"괜찮아. 걱정 안 해도 돼. 우리는 잘 버텨낼 거야." 그가 미소 지었다.

매트리스에 누워 눈을 감자마자 잠이 들었다. 꿈속에서도 뭔가 잊어버렸다는 생각에 잠자리가 뒤숭숭했다. 꼭 해야만 하는 일, 알고 있었으면서도 하지 않은 일이 있었다. 하지만 꿈에서도 그게 뭔지 분명치 않았다. 언덕에서 불타는 비행기, 건초 더미와 관련된 일이었다. 하지만 깨지 못하고 계속 잠을 잤다. 결국은 아내가 어깨를 흔들었을 때에야 깨어났다.

"새들이 또 시작했어요." 아내가 울먹였다. "한 시간 전부터요. 더는 혼자 견딜 수가 없어요. 게다가 뭔가 이상한 냄새도 나요. 타는 냄새요."

그때서야 생각이 났다. 불 피우는 것을 잊은 것이다. 불꽃이 거의 사그라진 상태였다. 그는 벌떡 일어나 램프를 켰다. 창문과 문에서 두드리는 소리가 요란했지만 그게 문제가 아니었다. 깃털 타는 냄새가 문제였다. 그 냄새가 부엌을 가득 채웠다. 그는 바로 상황을 파악했다. 새들이 굴뚝으로 뛰어들어 부엌으로 들어오려 하는 것이다.

그는 벽난로에 나뭇가지와 종이를 집어넣고 파라핀 석유통으로 손을 뻗었다.

"물러서!" 그가 아내에게 외쳤다. "위험하지만 어쩔 수 없어."

그는 불에 파라핀 석유를 부었다. 불길이 굴뚝으로 치솟았고 검게 탄 새들이 아래로 우수수 떨어졌다.

아이들이 깨어나 울기 시작했다. "무슨 일이야?" 질이 물었다. "아빠, 왜 그래?"

대답할 시간도 없었다. 냇은 굴뚝에서 새 사체들을 빼내서 한옆으로 모았다. 불길이 여전히 마구 일렁였다. 자칫 굴뚝에 불이 붙을 수도 있었다. 어떻든 살아 있는 새들은 불꽃을 내뿜는 굴뚝에서 물러날 것이다. 문제는 아래쪽 연결 부위였다. 불붙은 새들 몸뚱이가 꽉 끼면 굴뚝이 막혀버릴지 몰랐다. 그는 창문과 문에서 들리는 날갯짓 소리, 부리로 쪼고 발톱으로 긁는 소리, 몸을 던져 부딪쳤다가 떨어져 내리는 소리에는 거의 신경을 쓰지 않았다. 그쪽으로는 들어오지 못할 것이었다. 창이 작고 벽이 탄탄한 옛날 집에 산다는 것이 고마웠다. 새로 지은 공공 임대주택과는 달랐다. 그쪽에 사는 사람들도 괜찮아야 할 텐데.

"자, 이제 뚝 그쳐야지! 무서워할 것 없으니 이제 그만 울어." 그가 아이들에게 말했다.

그러면서도 그는 까맣게 탔거나 불타고 있는 새들 사체가 떨어질 때마다 긁어내는 일을 계속했다.

"건조한 날씨와 불길이 합쳐졌으니 됐어. 굴뚝에 옮겨붙지만 않는다면 안전해. 미리 살폈어야 했어. 내

실수야. 불을 지펴두고 잠들었어야 했는데. 뭔가 잊은 것 같더라니.”

창문 판자를 긁고 쪼아대는 소리 위로 부엌 시계가 오전 3시를 알렸다. 앞으로 네 시간 이상 버텨야 했다. 만조가 언제인지는 정확히 알 수 없었다. 아마 7시 반은 되어야 할 것이다.

“스토브를 켜자고. 우린 홍차를 마시고 아이들한테는 코코아를 줘. 손 놓고 앉아 있을 필요 없어.” 그가 아내에게 말했다.

그게 좋았다. 아내고 아이들이고 분주하게 만드는 것이. 움직이고 먹고 마시고 그렇게 뭔가 하고 있는 편이 좋았다.

그는 불꽃이 작아진 벽난로 근처에서 기다렸다. 하지만 더 이상은 새카맣게 탄 작은 몸뚱이들이 떨어져 내리지 않았다. 가능한 한 깊이 부지깽이를 올려 넣어보아도 아무것도 걸리지 않았다. 굴뚝이 깨끗해진 것이다. 그는 이마의 땀을 닦았다.

“자, 질, 이리 오렴. 나뭇가지 좀 가져다 줘. 이제부터 신나게 불을 지피는 거야.” 하지만 질은 가까이 다가오지 않았다. 새까만 사체 더미만 바라보고 있었다.

"괜찮아. 불을 피운 다음 치워버릴게."

굴뚝 걱정은 끝났다. 밤낮으로 벽난로 불을 활활 태우기만 하면 새들이 굴뚝으로 들어오는 일은 없을 것이다.

'내일 농장에서 연료를 얻어 와야겠어. 금방 떨어질 테니까. 썰물 때 동안 다녀올 수 있을 거야. 조수가 바뀐 동안 필요한 걸 얻어 오는 방법을 쓰면 돼. 그런 방법에 적응하면 돼.' 그가 생각했다.

네 식구는 차와 코코아를 마시고 소고기 소스 바른 빵을 먹었다. 빵은 반 덩어리만 남아 있었다. 괜찮아, 썰물 때까지만 버티면 돼.

"그만해! 그만해, 나쁜 새들!" 조니가 숟가락으로 창문을 가리키며 외쳤다.

"맞아. 나쁜 새들은 정말 싫지? 이제 지긋지긋해." 냇이 미소 지었다.

또 다른 새들이 벽에 쿵 부딪쳤다 떨어지는 소리를 들으며 네 식구는 기분이 좋아졌다.

"또 한 마리! 또 죽었어." 질이 외쳤다.

"그래, 꼴좋다, 저놈!" 냇도 맞장구쳤다.

그렇게 맞서야 했다. 기운을 내야 했다. 이렇게만

버텨낼 수 있다면, 그래서 7시 뉴스를 듣게 된다면 그럭저럭 최악은 아닌 셈이었다.

"담배 하나 줘봐. 담배 연기가 깃털 타는 냄새를 좀 없애줄 거야." 그가 아내에게 말했다.

"두 개비밖에 안 남았어요. 담배도 사야 하는데."

"하나면 돼. 나머지는 아껴두자고."

아이들을 다시 재우는 것은 엄두도 낼 수 없었다. 창가에서 쪼고 긁는 소리가 들리는 한 아무도 편히 쉴 수 없었다. 그는 한 팔로는 아내를 다른 팔로는 질을 껴안고 조니는 아내 무릎에 앉혔다. 주변에는 담요를 쌓아 올렸다.

"저놈들 대단하다는 생각이 드는걸. 보통 집요한 게 아니야. 지칠 만도 한데 끄떡없잖아." 그가 말했다.

감탄은 오래가지 않았다. 두드리는 소리는 끝없이 이어졌고 삐걱거리는 소리까지 더해졌다. 다른 놈들보다 부리가 더 날카로운 놈들이 역할을 넘겨받은 모양이었다. 대체 어떤 새일까, 그는 기억을 더듬어보았다. 딱따구리 소리는 아니었다. 딱따구리 소리라면 더 가볍고 잦아야 했다. 힘이 훨씬 더 좋았다. 계속 이러다가는 판자도 유리처럼 쪼개질 판이었다. 순간 매가 떠올랐다. 갈매기 역할을 매가 이어받은 걸까? 독수리가 창틀에 앉아 부리와 발톱으로 동시에 공격을 가하고 있나? 그렇군. 매, 독수리, 황조롱이 같은 맹금류를 잊고 있었다. 맹금류의 위력을 잊고 있었다. 앞으로 세 시간을 버텨야 했다. 나무판자를 긁고 쪼는 소리는 그치지 않고 이어졌다.

냇은 주변을 둘러보며 가구라도 부수어 문을 보강해야겠다고 생각했다. 옷장 덕분에 창문은 괜찮았지만 출입문은 어떨지 몰랐다. 2층으로 올라가던 그는 층계참에서 걸음을 멈추고 귀를 기울였다. 아이들 침실에서 무슨 소리가 들렸다. 새들이 뚫고 들어왔구나……. 문에 귀를 대보았다. 틀림없었다. 바닥을 날개로 쓸거나 종종걸음으로 돌아다니는 소리가 들렸다. 다른 침실은 아직 괜찮았다. 그는 그 침실로 들어가 가구를 끌어내 층계 위에 쌓았다. 대비책이었지만 소용없는 일인지도 몰랐다. 가구의 문이 안쪽으로 열리게 되어 있었으므로 아이들 침실 문에 기대 세울 수는 없었다. 유일한 방법은 층계를 막아버리는 것이었다.

"여보, 거기서 뭐해요? 내려와요." 아내가 불렀다.

"금방 가! 이것저것 정돈 좀 하고."

아내는 올라오면 안 되었다. 아이들 방에서 작은 발들이 어지럽게 돌아다니는 소리, 날개로 문을 쓸어내리는 소리를 듣지 못하게 해야 했다.

새벽 5시 반, 냇은 베이컨과 튀긴 빵으로 아침을 먹자고 했다. 아내의 공포 어린 눈빛을, 아이들의 겁먹은 표정을 조금이나마 풀어주기 위해서였다. 아내는 위층에 새들이 들어왔다는 것을 몰랐다. 부엌 위에 있는 침실이 아니라는 점이 다행이었다. 만약 그랬다면 2층에서 들려오는 나무판자 두드리는 소리, 죽음이 곧 영광이라는 듯 아무렇지 않게 무작정 돌진해 온몸을 벽에 부딪쳤다 떨어져 내리는 소리를 아내가 듣지 못했을 리가 없었다. 재갈매기란 놈들은 본래 그랬다. 머리라는 게 없었다. 검은등갈매기나 독수리, 매 같은 녀석들은 달랐다. 자기가 무엇을 하고 있는지 분명히 알았다.

냇은 연신 손목시계를 쳐다보았다. 시곗바늘은 너무도 느릿느릿 돌았다. 그의 추측이 틀렸다면, 그리하여 물때가 바뀌는데도 공격이 그치지 않는다면 끝장이었다. 공기도 희박하고 쉬지도 못한 채 연료도 음식도 부족한 상태에서 버텨낼 재간이 없었다. 온갖 생각으로 머리가 바빴다. 이렇게 숨어서 버티려면 필요한 것이 한두 가지가 아니었다. 그런데 무엇 하나 제대로 준비되지 못한 상태가 아닌가. 어쩌면 도시에 있는 것이 더 안전할지도 몰랐다. 농장 전화로 사촌에게 연락할 수 있다면 기차를 타고 단거리를 이동한 후 차를 빌리면 되지 않을까. 물때 사이에 차를 빌려 떠나는 것, 그게 더 빠른 방법일지도 몰랐다…….

그는 아내가 부르는 소리에 정신을 차렸다. 어느새 졸고 있었던 것이다.

"왜 그래? 무슨 일이야?" 그의 목소리가 날카로웠다.

"라디오요. 시계를 보고 있었어요. 7시 다 됐어요."

"다이얼 돌리지 마." 처음으로 냇이 다급하게 말했다. "지금 채널 그대로 두면 돼. 거기서 뉴스가 나올 거야."

기다렸다. 부엌 시계가 7시를 쳤다. 라디오에서는 아무 소리도 나지 않았다. 시보도, 음악도 없었다. 15분을 기다리다가 채널을 바꿔보았다. 역시 소리가 없었다.

"잘못 들었나보군. 7시가 아니라 8시에 뉴스를 하

려는 모양이야." 냇이 말했다.

라디오는 계속 켜두었다. 냇은 건전지가 얼마나 남았을지 걱정스러웠다. 아내는 장에 다녀오면서 건전지를 바꿔 넣곤 했다. 건전지가 다 닳고 나면 더는 정부의 지시 사항을 알 수 없게 된다.

"날이 밝아요. 밖이 보이지는 않지만 느낌이 그래요. 새들도 좀 조용해지는데요."

그 말이 옳았다. 삐걱거리고 쪼아대는 소리가 시시각각 줄어들었다. 날갯짓 소리, 창틀 위에서 작은 몸들이 서로 밀쳐대는 소리도 그랬다. 물때가 바뀐 것이다. 8시가 되자 조용해졌다. 오로지 바람 소리만 들렸다. 마침내 찾아온 고요 속에서 아이들은 잠이 들었다. 8시 반에 냇은 라디오를 껐다.

"왜 그래요? 그러다 뉴스를 놓치면 어떡해요?" 아내가 말했다.

"뉴스는 없을 거야. 우리 스스로 헤쳐나가야 해."

그는 문으로 가서 천천히 바리케이드를 걷어냈다. 빗장을 열고 문밖에 쌓인 새들 사체를 차내면서 차가운 공기를 들이마셨다. 주어진 시간은 여섯 시간. 힘을 낭비하지 말고 꼭 필요한 데만 써야 했다. 음식, 불빛, 연료가 꼭 필요했다. 이 세 가지만 충분하다면 또 하룻밤을 버틸 수 있었다.

앞마당으로 걸어가다 보니 살아 있는 새들이 보였다. 갈매기는 바다로 물러난 후였다. 거기서 파도에 몸을 맡기고 공격 때를 기다릴 것이다. 뭍새들은 그대로 자리를 지키며 기다리는 중이었다. 울타리에, 땅 위에, 나무 위에, 멀리 벌판까지 새들이 줄지어 늘어서 꼼짝 않고 있었다.

냇이 마당 끝까지 걸어가는 동안 새들은 조금도 움직이지 않았다. 그저 지켜볼 뿐이었다.

'식량을 구하러 가야겠어. 농장에 가서 식량을 구해야 해.' 냇이 생각했다.

그는 집으로 되돌아와 창문이며 문을 살펴보았다. 2층으로 올라가 아이들 침실도 열어보았다. 바닥에 떨어진 죽은 새들 외에 다른 새는 없었다. 살아 있는 놈들은 모두 바깥에, 마당이나 벌판에 있었다. 그는 아래층으로 내려왔다.

"농장에 가야겠어."

아내가 매달렸다. 열린 문으로 새들을 보았던 것이다.

"우리도 데려가요. 당신 없이 어떻게 있으라고요. 그러느니 차라리 죽겠어요."

잠시 생각하던 냇이 고개를 끄덕였다.

"그럽시다. 바구니를 가져와. 조니 유아차도. 유아차에 짐을 실을 수 있을 거야."

네 식구는 단단히 옷을 챙겨 입고 장갑을 낀 후 목도리까지 둘렀다. 아내가 조니를 유아차에 태웠다. 냇은 질의 손을 잡았다.

"새들이, 온 사방에 있어. 벌판에도 다 새들이야." 질이 울먹거렸다.

"괜찮아. 낮에는 우리를 해치지 않는단다."

네 식구는 들판을 가로질러 걷기 시작했다. 새들은 움직이지 않았다. 바람이 부는 방향으로 고개를 돌리고 기다릴 뿐이었다.


농장으로 이어지는 길에 접어들자, 냇은 아내와 아이들에게 울타리 아래 바람을 피할 수 있는 곳에서 기다리라고 했다.

"트리그 부인을 만나야 해요. 부인이 어제 장을 보셨다면 빌려야 할 게 많아요. 빵만 없는 게 아니라니까요……."

"여기서 기다려. 금방 돌아올게." 냇이 말을 가로막
았다.

안절부절못하며 돌아다니는 소들이 보였다. 우리
를 부수고 밖으로 나온 양들이 멋대로 마당을 오갔
다. 굴뚝에서는 연기가 나지 않았다. 불안하고 걱정
스러웠다. 아내나 아이들이 농장으로 들어가게 하고
싶지 않았다.

"자, 지금은 내가 하자는 대로 해." 단호한 목소리
였다.

아내는 단념하고 아이들과 함께 울타리 아래 자리
를 잡았다.

냇 혼자서 농장으로 들어갔다. 젖이 잔뜩 차올라 불
편한 탓에 우왕좌왕하는 소 떼를 지나자 차고로 들어
가지 못한 자동차가 보였다. 농장 건물의 창문은 다
깨지고, 마당과 집 주변에 죽은 갈매기들이 널려 있
었다. 살아 있는 새들은 농장 뒤 나무 위나 지붕 위에
가만히 앉아 냇을 바라보고 있었다.

짐의 사체가 보였다……. 아니, 사체의 일부라고 하
는 편이 정확했다. 새들의 공격을 받은 다음 소 떼에

짓밟혔던 것이다. 옆에 총이 놓여 있었다. 농장 건물 입구는 단단히 닫혀 있었지만 창문이 다 깨진 상태였으므로 냇은 창문을 들어 올리고 안으로 들어갔다. 트리그 씨 시체는 전화기 근처에 있었다. 교환수와 통화하려다 새들의 공격을 받은 것이 분명했다. 전화기가 벽에서 뜯겨져 나왔고 수화기는 대롱대롱 매달려 있었다. 트리그 부인은 보이지 않았다. 아마 위층에 있겠지. 올라가볼 필요가 있을까? 위층에서 보게 될 광경을 생각하니 속이 울렁거렸다.

'그나마 아이가 없었던 게 천만다행이야.'

냇은 억지로 힘을 내어 계단을 올라갔지만 절반쯤 가다가 다시 내려와버렸다. 열린 침실 문 밖으로 부인의 다리가 튀어나와 있었던 것이다. 부인의 사체 옆에는 검은등갈매기 사체들과 부러진 우산이 보였다.

'내가 해줄 일은 없어. 이제 길어야 다섯 시간뿐이야. 트리그 씨 내외도 이해하겠지. 있는 대로 챙겨 가야 해.'

그는 아내와 아이들 쪽으로 되돌아왔다.

"필요한 물건들을 자동차에 실어야겠어. 석탄이랑

파라핀유도 챙겨야 해. 차가 꽉 차면 집으로 가서 내려놓고 다시 와야 할 거야."

"트리그 씨 내외는 어때요?" 아내가 물었다.

"아마 친구 집에 간 모양이야."

"그럼 내가 가서 도와주는 게 낫지 않아요?"

"아냐. 집이 엉망이야. 소들이랑 양들도 돌아다니고. 잠깐만, 차를 가져올게. 당신은 차 안에서 기다리면 돼."

냇은 서툰 솜씨로 농장 차를 마당에서 빼내 길까지 이동시켰다. 거기서는 짐의 사체가 보이지 않을 것이다.

"여기 있어. 유아차는 신경 쓰지 말고. 나중에 가져가면 돼. 일단 필요한 것부터 실을 거야."

아내는 남편에게서 시선을 떼지 않았다. 상황을 이해한 것 같았다. 아니라면 빵이며 식료품을 챙기겠다고 나섰을 것이다.

네 식구는 집과 농장 사이를 세 차례나 왕복했다. 일단 시작하자 필요한 물건이 얼마나 많은지 깜짝 놀랄 지경이었다. 제일 중요한 것은 창문에 댈 판자였다. 집의 창문마다 새로 판자를 대야 안심할 수 있기 때문이었다. 냇은 목재를 찾느라 사방을 뒤졌다. 그 밖에도 초, 파라핀유, 못, 통조림 등등 가져가야 할 것은 끝없이 많았다. 소 세 마리한테서 우유도 짰다. 안됐지만 나머지 소들은 젖도 안 짜주고 그냥 내버려두고 가는 수밖에 없었다.

마지막으로 집에 돌아가는 길에 그는 버스 정류장 쪽으로 차를 몰아 공중전화 부스로 갔다. 수화기를 들고 몇 분 동안 기다렸지만 아무 반응이 없었다. 전화가 끊긴 것이다. 언덕을 더 올라가 사방을 둘러보아도 사람의 흔적은 없었다. 지켜보며 기다리는 새들, 새들뿐이었다. 일부는 깃털에 부리를 감추고 자는 중이었다.

'먹이를 먹으러 가야 하는 거 아닌가. 저러고 가만 있을 게 아니라.'

문득 머리를 스치는 생각이 있었다. 새들은 충분히 포식한 것이다. 밤새도록 배 터지게 먹고 이 아침에는 저렇게 꼼짝 않는 것이다…….

공공 임대주택의 그 많은 굴뚝 중에 연기가 나는 곳은 하나도 없었다. 전날 저녁 벌판을 가로질러 뛰어갔던 아이들 생각이 났다.

"미리 알았어야 했어. 아이들을 다 데려다줬어야 했는데."

고개를 들어 하늘을 쳐다보았다. 회색빛으로 음산했다. 앙상한 나무들이 동풍을 맞아 구부러지고 검게 변해 있었다. 벌판에서 기다리는 새들은 추위에 아랑곳하지 않는 듯했다.

"이럴 때 새를 잡아야 하는데. 지금은 그야말로 얌전한 표적이 된 상황이잖아. 전국적으로 다 이럴 텐데, 어째서 지금 비행기를 띄우고 독가스를 뿌리지 않는 거야? 다들 뭘 하는 거냐고. 상황을 제대로 판단해야지." 냇이 중얼거렸다.

그는 차로 돌아와 운전석에 앉았다.

"저 두 번째 문 근처는 빨리 지나가요. 우체부가 쓰러져 있어요. 질이 보면 어떡해요." 아내가 속삭였다.

냇이 가속페달을 밟았다. 작은 모리스 차가 덜컹거리며 튀어 올랐다. 아이들이 까르륵 웃어댔다.

"오르락내리락, 오르락내리락!" 꼬마 조니가 신나게 외쳤다.

집에 도착하자 12시 45분이었다. 이제 한 시간밖에 안 남았다.

"당신이랑 애들은 수프를 데우든지 해서 따뜻한 걸 먹어. 난 지금은 먹을 시간이 없어. 짐부터 들여놓아야지."

그는 모든 것을 집 안에 들여놓았다. 정리는 나중에 하기로 했다. 어차피 긴긴 시간 동안 할 일도 필요했다. 당장은 창문과 문부터 살펴야 했다.

그는 집 주변을 돌며 창문과 문을 하나하나 점검했다. 지붕에도 올라가 부엌 굴뚝만 빼고 다른 굴뚝은 모두 판자로 막아버렸다. 견디기 어려울 정도로 추웠지만 할 일은 해야 했다. 가끔씩 그는 하늘을 올려다보며 비행기가 지나가지 않는지 살폈다. 한 대도 없었다. 그는 정부의 무능함에 욕을 퍼부었다.

"늘 이런 식이라니까. 실망스러울 뿐이야. 처음부터 제대로 하는 게 있어야지. 계획도 없고, 일도 못하고. 여기 아래쪽 우리는 상관 안 하겠다 이거지. 늘 그런 식이야. 저기 위쪽 사람들만 우선이지. 아마 거기는 벌써 비행기를 보내고 독가스도 뿌렸을걸. 우리만 기다리라는 거야."

침실 굴뚝을 다 막은 후 그는 입을 다물고 바다 쪽을 바라보았다. 무언가 움직이고 있었다. 파도 사이로 회색과 흰색 물체가 보였다.

"해군이군. 해군은 우리를 실망시키지 않지. 해협을 건너오는 거야. 이제 항구로 들어온다고."

냇은 눈을 부릅뜨고 기다렸다. 바람 때문에 눈물이 났다. 하지만 아니었다. 배가 아니었다. 해군은 거기 없었다. 갈매기가 바다에서 날아오르고 있었다. 들판에서도 거대한 새 떼가 대열을 이루며 하늘 위로 날아올랐다. 깃털이 어지럽게 떨어졌다.

물때가 다시 바뀐 것이다.

냇은 사다리를 타고 내려와 부엌으로 들어갔다. 식구들은 식사를 하는 중이었다. 2시가 막 지났다. 그는 문에 빗장을 걸고 다시 바리케이드를 대놓았다. 그러고는 램프를 켰다.

"밤이 됐어!" 조니가 말했다.

아내는 라디오를 켰다. 아무 소리도 나지 않았다.

"사방으로 다이얼을 돌려봐도 하나도 잡히지 않아요. 해외방송도요."

"같은 상황인가보지. 어쩌면 온 유럽이 같은 상황인지도 몰라."

아내가 농장에서 가져온 수프를 가득 따르고 빵을

크게 잘라 소고기 소스를 바른 후 건네주었다.

네 식구는 말없이 먹기만 했다. 소고기 소스가 조니 뺨을 타고 식탁으로 떨어졌다.

"조니, 그러면 안 돼. 입가를 닦아야지." 누나 질이 잔소리를 했다.

창문과 문에서 두들겨대는 소리가 시작되었다. 날개 스치는 소리, 몸통 부딪치는 소리, 창틀에서 자리를 바꾸는 소리, 갈매기가 문으로 돌진해 떨어지는 소리도 들렸다.

"미국이 나서지 않을까요? 늘 우리 우방이었잖아요. 미국이 가만 보고 있진 않겠죠?"

냇은 대답하지 않았다. 창문과 굴뚝의 판자는 튼튼했다. 집에는 며칠 동안 쓸 수 있는 연료며 물건이 잔뜩이었다. 식사를 마치면 물건을 옮기고 가지런히 정리해 사용하기 편하도록 만들 것이다. 아내와 아이들도 도울 수 있으리라. 지금부터 썰물 때인 8시 45분까지 열심히 일하다 보면 지칠 테고, 그럼 조용해진 틈에 새벽 3시까지 푹 잘 수 있을 것이다.

냇은 창문의 판자 앞에 철조망을 대어 보강할 계획이었다. 농장에서 철조망을 잔뜩 가져온 것이다. 문제는 밤 9시에서 새벽 3시 사이, 캄캄한 어둠 속에서 작업해야 한다는 점이었다. 진작 그 생각을 해야 했는데. 어떻든 아내와 아이들이 잠자는 동안 그가 할 제일 중요한 일이 철조망 작업이었다.

지금은 작은 새들이 창가에 있었다. 작은 부리로 가볍게 두드리는 소리, 날개로 부드럽게 쓸어내리는 소리가 들렸다. 매는 창문을 상대하지 않았다. 문짝에 집중했다. 나무 갈라지는 소리를 들으면서 냇은 대체저 작은 두뇌와 날카로운 부리, 매서운 눈길 속에 몇백만 년의 기억이 있기에 이토록 정확하고 집요하게 인류를 파괴하려 드는 것인지 궁금해졌다.

"마지막 담배를 피워야겠어." 그가 아내에게 말했다. "멍청하게도 농장에서 담배 챙겨 오는 걸 잊었군."

그는 담배를 집어 들고 침묵뿐인 라디오를 다시 켰다. 빈 담뱃갑을 불에 던져 넣고 타는 모습을 지켜보았다.

# 눈 깜짝할 사이

Split Second

엘리스 부인은 꼼꼼하고 단정한 사람이었다. 답장 안 한 편지, 지불 안 한 청구서, 뭐 하나 찾으려면 온통 뒤집어놓아야 하는 지저분한 책상 따위는 딱 질색이었다. 오늘은 특히나 그러했다. 죽은 남편은 이런 때의 아내를 '정돈 태세'라 부르곤 했다. 아침에 일어나 아침을 먹는 동안에도 주변을 정돈해야 한다는 생각이 머릿속을 떠나지 않았다. 게다가 한 달이 시작되는 닐이있다. 딜럭의 한 장을 뜯어내 1이라는 쌀늠한 숫자와 대면하자 새로운 출발을 해야 할 것만 같왔다.

앞으로 마주할 시간도 1이라는 숫자처럼 티 없이 깔끔해야 했다. 무엇 하나 지저분해서는 안 되었다.

부인은 먼저 침구를 점검했다. 선반 위에는 부드러운 흰 욧잇이 깔끔하게 접혀 줄 맞춰 놓여 있었고 옆에는 베갯잇이 있었다. 침구 한 벌은 아직 상점에서 사 온 그대로 푸른 리본이 묶인 채 결코 오지 않을 손님을 기다리는 중이었다.

다음은 찬장이었다. 집에서 만든 잼 병들이 제조 날짜 라벨이 붙은 채 줄지어 선 모습이 마음에 들었다. 병조림 과일, 부인만의 조리법으로 만든 토마토니 과일 소스도 있었다. 부인은 이런 식품들을 넉넉히 만들어 수전이 집에 올 때를 대비해 간직했다. 그리고 그 보물들을 자랑스럽게 식탁에 올려놓았을 때는, 누가 그에 대해 아주 사소한 불평만 해도 크게 마음이 상하곤 했다. 어쨌든 그러고 나면 찬장 선반에 빈 자리가 생겼다.

찬장 문을 잠그고 열쇠를 감춘 후(가정부 그레이스를 절대 믿지 못했기 때문이다) 엘리스 부인은 거실로 가 책상에 앉았다. 정돈은 가차 없었다. 서랍 칸

칸마다 검색을 당했다. 찢어지거나 구겨지지 않아 한 번 더 쓸 수 있겠다는 생각에(물론 친구는 아니고 상인을 상대할 때) 놓아두었던 낡은 봉투들이 쓰레기통으로 들어갔다. 대신 값싸지만 깔끔한 황갈색 새 봉투들을 구입할 것이다.

두 해 전에 만든 요리법 메모가 나왔다. 이제는 필요 없는 메모였다. 저쪽에 있는 것은 작년에 정리해서 묶어둔 서류였다. 뻑뻑해서 잘 안 열리는 작은 서랍 안에는 다 쓴 수표책이 괜히 공간을 차지하고 있었다. 부인은 그 서랍에 깔끔한 필체로 '보관해야 할 편지'라고 쓴 라벨을 붙였다. 그 서랍의 향후 용도가 정해진 것이다.

새 종이 묶음을 압지로 쓰겠다는 호사스러운 결정을 내린 후 부인은 펜 꽂는 곳의 먼지를 털고 새 연필을 날카롭게 깎았다. 끝에 붙은 고무지우개가 다 닳았을 정도로 오래된 몽당연필은 쓰레기통에 던져 넣었다. 마음이 조금 아프긴 했지만.

소파 옆 탁자 위에 놓인 잡지들을 가지런히 정돈하고, 벽난로 옆 책꽂이의 책들은 책등이 선반 앞쪽에 맞춰지도록 끌어냈다(그레이스는 책을 선반 끝까지 밀어 넣는 고약한 습관을 갖고 있었다). 화병의 물도 깨끗이 갈았다. 그레이스가 고개를 들이밀고 "점심 가져왔어요!"라고 외칠 때까지 10분 정도가 남았다. 엘리스 부인은 벽난로 앞에 앉아 숨을 고르면서 편안하고 만족스러운 미소를 지었다. 오전 시간을 매우 충실히 보낸 것이다. 행복했다.

부인은 다시 한 번 찬찬히 거실을 둘러보며(그레이스는 거실을 계속 마루라고 불렀고 부인은 그때마다 고쳐주곤 했다) 그곳이 얼마나 밝고 편안한 공간인지, 윌프레드가 죽기 몇 달 전에 이사하자고 했을 때 그 말을 듣지 않았던 것이 얼마나 잘한 일인지 생각했다. 윌프레드의 건강 문제, 그리고 채소는 매일 아침 수확한 신선한 것으로 먹어야 한다는 그의 주장 때문에 시골에 있는 집을 계약하기 직전의 상황에서, 다행히(아니, 다행은 아니었다. 가장 끔찍하고 슬픈 일이었다) 윌프레드가 심장마비를 일으켜 세상을 떠났다. 그리하여 엘리스 부인은 자기가 알고 좋아하는 집, 10년 전 새색시로 처음 왔던 집에 계속 살게 되었다.

이 동네가 점점 망가지고 있다면서 외곽으로 나가

는 편이 좋다고 하는 사람들도 있지만 그건 모르는 소리였다. 길 위쪽으로 들어서는 신축 주택들은 엘리스 부인 집 창문에서는 보이지 않았다. 마당을 둥글게 감싸며 늘어선 옛집들은 여전히 깔끔하고 고급스러웠다.

더욱이 부인은 그곳에서의 삶을 좋아했다. 아침이면 바구니를 팔에 걸고 상점가로 나가 장을 보았다. 부인을 알고 있는 상인들은 친절하게 대해주었다. 추운 아침에는 서점 맞은편 코지 카페에서 11시에 모닝커피를 마셨다(그레이스는 도무지 제대로 된 커피를 만들지 못했다). 여름이면 코지 카페에서 아이스크림을 팔았는데, 부인은 그걸 사서 종이봉투에 담아 서둘러 집으로 돌아와 점심으로 먹는 걸 좋아했다. 그렇게 먹고 나면 더 이상 단것 생각이 나지 않았다.

오후에는 가벼운 산책을 했는데, 집 바로 근처에 벌판이 있어 시골 못지않았다. 저녁에는 책을 읽거나 바느질을 하거나 수전에게 편지를 썼다.

자기 삶에 대해 깊이 생각해보았다면(물론 깊은 생각은 불편하기 때문에 해본 적 없었지만) 아마 부인도 자기 삶이 딸 수전 위주로 짜여 있다는 것을 깨달았으리라. 아홉 살 수전은 부인의 하나뿐인 자식이었다.

수전이 어린 나이에 기숙학교에 가게 된 이유는 윌프레드의 건강이 나빠지면서 짜증이 늘었기 때문이었다. 엘리스 부인은 며칠을 잠 못 자고 고민하다가 기숙학교로 보내기로 결정했다. 결국은 그게 수전에게 좋을 거라는 믿음에서. 건강하고 활발한 아이가 신경 날카로운 윌프레드를 자극하지 않고 방 안에만 조용히 박혀 있기란 불가능했다. 그렇다고 아래층 부엌에서 그레이스와 함께 있게 하는 것도 안 될 일이었다.

부인은 집과 45킬로미터 정도 떨어져 있는 학교를 선택했다. 버스로 한 시간 반이면 갈 수 있는 곳이었다. 아이는 학교에 잘 적응해 행복해 보였다. 교장 선생님은 회색빛 머리의 다정한 노부인이었다. 학교 홍보 책자에 나온 대로 그곳은 '또 하나의 집'이었다.

수전을 보낸 첫날에는 안절부절 어찌할 바를 몰랐지만, 한 주 내내 교장 선생님과 전화 통화를 하면서 수전이 새로운 환경에 금방 익숙해졌다는 것을 확인할 수 있었다.

남편이 죽은 후에는 수전이 집에 돌아와 동네 학교를 다니고 싶어 할 줄 알았는데, 예상과 달리 눈물까지 보이며 싫다고 했다.

"난 우리 학교가 좋아요. 재미있는 활동이 많고 친구들도 많이 사귀었는걸요." 아이가 말했다.

"여기 학교에서도 친구를 사귈 수 있어. 엄마랑 저녁마다 함께 시간을 보낼 수도 있잖니."

"그건 그렇지만 엄마랑 뭘 해요?" 아이가 못마땅한 듯 되물었다.

엘리스 부인은 상처받았지만 수전에게는 내색하고 싶지 않았다. "그래, 네 생각대로 하자꾸나. 네가 그 학교에 만족하고 행복해하니까. 명절이나 방학 때 함께 지내면 되겠지."

그리하여 명절이나 방학은 액자의 화려한 장식 반짝이처럼 빛나면서 엘리스 부인의 일정 수첩에서 다른 어떤 날들보다도 두드러지게 되었다.

2월은 28일뿐인데도 어찌나 지루한지 몰랐다. 3월은 코지 카페에서의 모닝커피, 도서관에서 빌려 온 책들, 친구들과 함께하는 영화관 나들이, 상점가에서의 근사한 마티니 한 잔이 전부인 우울하고 영영 끝나지 않을 것만 같은 나날이었다.

그런 후 4월이 오면 달력에도 꽃이 피었다. 부활절, 수선화, 봄바람에 볼이 빨갛게 된 수전을 다시 한 번 껴안는 기쁨, 꿀을 넣은 홍차, 그레이스가 구운 스콘, 벌판을 산책하는 오후, 앞서 가는 딸아이 모습만으로도 찬란하고 즐거운 그 시간. 5월은 고요했지만 6월은 활짝 열어놓은 창문, 앞마당에 만개한 금어초 덕분에 즐거웠다. 어버이날에 맞춘 학교 연극 공연도 있었다. 수전은 눈을 빛내며 최고의 요정 연기를 해냈다. 스스로는 자기 연기가 마음에 들었다고 말하는 법이 없었지만.

7월은 24일까지 한없이 느릿느릿 흐르다가 바로 그날부터 9월 마지막 주까지 환희 속에 휙휙 지나갔다. 수전과 차를 마시고, 수전과 농장에 가고, 수전과 다트무어를 여행하고……. 그냥 집에서 창밖을 내다보며 아이스크림을 먹기만 해도 좋았다.

"우리 애는 나이에 비해 수영을 참 잘해요." 바닷가로 나간 부인은 옆에 앉은 사람에게 아무렇지도 않다는 듯 말했다. "물이 차가워도 계속 수영하겠다고 고집을 부린답니다."

그레이스에게는 이렇게 말했다. "수송아지들이 뛰어다니는 벌판을 지나가는 건 나도 질색인데, 수전은 전혀 개의치 않더라고. 동물 다루는 법을 잘 알거든."

샌들 속 맨발과 여기저기 긁힌 다리, 키가 커져 좀 껑충한 여름 원피스, 색깔이 바랜 햇빛 가리개 모자가 바닥을 차지하는 시절이 지나면 10월은 별로 생각할 거리가 없다. 물론 집안일은 늘 넘치도록 많지만 말이다. 비가 내리고 벌판에 흰 서리가 끼는 11월은 아예 말도 하지 않는 편이 나았다. 커튼을 내리고 벽난로 불을 피우고 주부 잡지나 청소년 패션 잡지 같은 읽을거리를 붙잡는 것이 고작이다. 크리스마스 때 수전이 입을 옷은 분홍이면 안 되지. 녹색 셔링에 넓은 허리띠를 매면 파티에 딱 어울릴 거야. 그리고 12월이, 크리스마스가 온다.

엘리스 부인의 집이 가장 즐겁고 행복한 시기였다. 꽃집 바깥에 처음으로 세워진 성탄 나무나 식료품상 진열창에 쌓인 대추야자 상자를 보자마자 엘리스 부인은 설렘으로 가슴이 벅찼다. 3주만 기다리면 수전이 집에 오기 때문이었다. 그럼 함께 웃고 이야기 나누는 시간도, 서로 바라보며 고개를 끄덕이는 일도,

수수께끼 같은 미소를 나누는 일도 많을 것이었다. 미리 선물을 마련해 포장도 해둬야 했다.

부인이 준비한 모든 것은 풍선이 터지듯 하루 만에 끝나곤 했다. 그러면 종이 리본, 새로 구운 크래커, 심지어는 고심하여 고른 선물까지 옆으로 밀려났다. 그래도 상관없었다. 그걸로 충분했다. 엘리스 부인은 인형을 안고 잠든 수전을 바라보다가 불을 끄고 살금살금 잠자리에 들었다. 지쳐서 기진맥진한 상태로. 수전이 학교에서 서둘러 꿰매 만든 삶은 달걀 덮개가 머리맡에 있었다. 엘리스 부인은 삶은 달걀을 먹는 법이 없었지만 그래도, 그레이스에게도 말했듯, 덮개의 암탉 눈 부분이 아주 예쁘게 잘 만들어진 것은 분명했다.

새해가 오면 서커스나 팬터마임 공연에 갔다. 엘리스 부인은 공연은 아랑곳 않고 수전만 바라보았다. 그러고는 돌아와서 말하곤 했다. "물개가 트럼펫을 불 때 수전이 얼마나 깔깔 웃었는지 너도 봐야 했는데. 그렇게 환하게 웃는 아이는 여태까지 본 적이 없어."

녹색 옷을 입고 푸른 눈을 빛내는 수전은 파티에서

너무나도 돋보였다. 다른 아이들은 하나같이 왜 그렇게 못났는지, 몸매가 엉망이거나 입만 모양 없이 큰 아이들뿐이었다. "글쎄 떠나면서 수전이 '정말 즐거웠어요. 고맙습니다'라고 인사를 하지 뭐야. 다른 아이들과 다르게 말이야. 참, 의자 앉기 놀이에서도 수전이 1등이었어."

물론 무서운 순간들도 있었다. 잠 못 이루는 밤, 붉은 반점, 부어오른 목, 40도에 육박하는 체온, 수화기를 붙잡은 떨리는 손, 의사의 침착한 목소리, 현관을 걸어 들어오는 의사의 발걸음 소리. "혹시 모르니 솜으로 한번 닦아줘야겠습니다." 솜으로 닦아준다고? 그럼 디프테리아나 성홍열이라는 뜻인가? 이 어린아이를 담요에 싸서 구급차에 싣고 병원으로 가야 하나?

천만다행히도 인후염이라는 진단이 나왔다. 온갖 파티로 너무 피곤했기 때문이다. 아이를 며칠 동안 쉬게 해야겠다고 하니 네, 그렇게 하시면 됩니다, 라고 의사가 대답했다. 극도의 불안에서 벗어난 부인은 수전 곁에 앉아 쉬지 않고 이야기를 읽어줬다. 무서운 이야기, 진부한 이야기들을. "그래서 할아버지는 보물을 다 잃어버리고 말았대요. 하지만 결국은 잘된 거지, 그렇지?"

'모든 일은 다 지나가는 거야. 기쁨과 고통도, 행복과 슬픔도. 사람들은 내가 너무 심심하게 산다고 할지 몰라도 난 감사하고 만족해. 윌프레드한테는 아내로서 최선을 다하지 못했을지 몰라도(그 사람 성질이 본래 까다로웠잖아. 수전이 안 닮았기에 망정이지) 적어도 수전한테는 행복한 가정을 만들어주고 있어.' 부인은 그렇게 생각하며 새로 시작된 달의 첫날에 가구들 하나하나, 벽에 걸린 그림 하나하나, 벽난로 선반의 장식품 하나하나를 애정 어린 시선으로 바라보았다. 모두가 결혼 생활 10년 동안 자신이 모은 것들이었다. 부인에게는 그것들이 곧 자기 자신이고 자기 집이었다.

소파와 의자 두 개는 낡았지만 편안했다. 벽난로 옆 쿠션은 부인이 직접 커버를 씌운 것이었다. 벽난로 쇠 부분은 그레이스에게 더 반짝반짝 윤이 나게 닦으라고 해야 할 듯했다. 책장 뒤 어두운 구석에 걸린 초상화 속 윌프레드는 우울한 표정이긴 해도 점잖은 분위기였다. 꽃 그림은 초록 이파리가 스태퍼드셔 부부 초상화의 녹색 옷과 아주 잘 어울리니 벽난로 선반 위로 옮기는 게 좋을 것 같았다.

부인은 생각했다. '커버를 새로 만들어 씌워야겠군. 커튼은 조금만 미루고. 아니, 수전이 지난달에 아주 많이 자랐으니까 일단 수전 옷이 더 급해. 나이에 비해 키가 크다니까.'

그레이스가 고개를 들이밀었다. "점심 가져왔어요!"

'수백 번 일러준 대로 좀 똑바로 걸어 들어오면 좋으련만. 점심 먹으러 온 손님이라도 있으면 어쩔 뻔했어. 저렇게 볼썽사납게 고개부터 들이밀다니……'

부인은 닭고기 요리와 사과 파이를 먹기 시작했다. 이번 학기에 수전이 우유를 추가로 받아야 한다는 걸 학교 사람들이 제대로 기억할지 걱정이 됐다. 비타민도 꼬박꼬박 먹여야 하는데.

갑자기 부인이 포크를 내려놓았다. 참을 수 없을 정도로 강한 슬픔이 일순간에 몰려왔다. 가슴이 답답하고 목이 메었다. 도저히 식사를 계속할 수 없었다.

'수전한테 무슨 일이 있는 거야. 수전이 나한테 신호를 보내고 있어.'

부인은 커피를 가져오라는 벨을 눌렀다. 창가에 서

서 다른 집 뒤편을 바라보았다. 열린 창으로 꼴사납게 늘어진 빨간 커튼이 보였고, 창가에 박힌 못에는 화장실 청소용 솔이 걸려 있었다.

‘동네가 점점 천박해져. 주변이 곧 셋집들로 바뀌겠군.’

부인은 커피를 마셨지만 불편하고 불안한 기분은 사라지지 않았다. 결국 수화기를 들고 학교로 전화를 걸었다.

비서가 받았다. 수전은 아무 일 없었다. 막 점심을 잘 먹었고 감기 기운도 전혀 없으며 학교에 아픈 학생도 없다고 했다. “수전을 바꿔드릴까요? 지금 운동장에서 다른 아이들과 놀고 있지만 필요하다면 불러 올 수 있습니다.”

“아니에요. 수전이 괜찮은지 괜히 걱정스러워서 그랬어요. 귀찮게 해드려서 죄송합니다.”

부인은 전화를 끊고 침실로 가서 외출복을 입었다. 산책을 좀 하는 게 좋을 듯했다. 잠깐 동안 탁자 위에 놓인 수전 사진을 흐뭇한 시선으로 바라보았다. 사진사가 아이의 눈 표정과 빛나는 머리카락을 완벽하게 포착한 사진이었다.

엘리스 부인은 잠시 망설였다. 산책이 정말로 필요할까? 조금 지쳐서 엉뚱한 생각이 드는 모양이니 그냥 쉬는 게 나을까? 침대의 포근한 깔개를 보니 눕고 싶었다. 세면대 옆에 걸려 있는 물주머니에는 금방이라도 뜨거운 물을 채울 수 있었다. 몸을 옥죄는 거들을 벗고 신발도 벗고 포근한 깔개 위에 누워 뜨거운 물주머니를 안고 한 시간쯤 누워 있는 게 어떨까. 아냐. 부인은 다시 마음을 다잡았다. 그리고 옷장으로 가서 낙타털 코트를 꺼내 입었다. 머리에 스카프를 두르고 장갑을 낀 후 아래층으로 내려갔다.

거실로 들어가 벽난로 불을 키우고 가림막을 세웠다. 그레이스는 벽난로 살피는 걸 늘 잊어버리곤 했다. 산책 후에 돌아왔을 때 방 공기가 너무 답답하지 않도록 위쪽 창문은 열어두었다. 돌아와서 읽을 신문을 챙기고 도서관에서 빌려 온 책에 서표도 끼웠다.

"잠깐 나갔다 올게. 오래 걸리지 않을 거야." 아래층 그레이스에게 부인이 외쳤다.

"네, 다녀오세요!" 대답이 들렸다.

엘리스 부인은 담배 연기 냄새를 맡고 얼굴을 찡그렸다. 그레이스는 아래층에서 뭐든 하고 싶은 대로

할 수 있었지만 하녀가 담배를 피우는 건 썩 적절한
행동이 아닌 듯싶었다.

부인은 등 뒤로 대문을 닫고 계단을 걸어 내려가
큰길로 나갔고 왼쪽으로 돌아 벌판으로 향했다. 회색
빛의 음울한 날이었다. 계절에 비해서는 기온이 높았
다. 늘 그랬듯 머지않아 런던 쪽에서 안개가 몰려와
신선한 공기를 억눌러버릴 것이다.

엘리스 부인은 습관대로 '짧은 한 바퀴'를 돌았다.
동쪽으로 바이어덕트 연못까지 갔다가 원을 그리면
서 벌판을 통과하는 산책이었다.

기분 좋은 오후가 아니었고 산책도 그리 즐겁지 않
았다. 부인은 그냥 집에서 뜨거운 물주머니를 안고
침대에 누워 있거나 거실의 벽난로 앞에 앉아 있는
것이 나았겠다고, 커튼을 내려 찌푸린 하늘을 보지
않는 편이 좋았겠다고 생각했다. 유아차를 끌고 나와
삼삼오오 이야기를 나누며 시간을 보내는 유모들을
빠른 걸음으로 지나쳤다. 연못 옆에서 개들이 짖었
다. 비옷을 입은 남자들이 멍한 시선으로 앞을 보았
다. 벤치에 앉은 할머니는 짹짹거리는 참새들에게 빵
조각을 던져주었다. 하늘은 한층 더 어두워져 올리브

색으로 변했다. 엘리스 부인은 걸음을 재촉했다. 벌판에 조성된 놀이터는 쓸쓸해 보였다. 겨울에는 운행하지 않는 회전목마가 캔버스 천에 싸여 있었다. 고양이 두 마리가 서로를 쫓아다니며 울타리 안팎을 오갔다. 우유병들을 수레에 실은 우유 배달부는 휘파람을 불며 조랑말을 재촉했다.

갑자기 이런 생각이 떠올랐다. '이번 생일에는 수전에게 자전거를 사줘야겠어. 아홉 살 정도면 처음 자전거를 타기에 딱 좋은 나이지.'

부인은 점원에게 이것저것 물어보고 핸들도 만져 보면서 자전거 고르는 장면을 상상했다. 빨간색이 좋을 거야. 아니면 파랑도 괜찮지. 앞에 작은 바구니가 달린 것이 좋아. 좌석 뒤에는 가죽 가방을 매달아줘야지. 브레이크는 잘 들어야 하지만 너무 뻑뻑하면 안 돼. 그랬다가는 급정거할 때 앞으로 고꾸라져 얼굴을 다칠 수 있으니.

요즘은 굴렁쇠를 아무도 안 한다는 것이 안타까웠다. 부인이 어렸을 때는 탄력 있는 좋은 굴렁쇠를 굴리는 것만큼 재미있는 놀이가 없었다. 작은 막대기로 요리조리 방향을 잡아가며 굴렁쇠를 굴리고 달려가는 기분이란! 그건 대단한 기술이기도 했다. 수전이라면 굴렁쇠도 문제없이 굴릴 텐데.

엘리스 부인은 두 길이 교차하는 지점에 이르러 길을 건넜다. 그 길의 제일 마지막이 부인 집이었다.

길을 건너고 있을 때 세탁소 차가 모퉁이를 회전해 달려왔다. 속도가 너무 빨라 끼익 브레이크 소리가 났다. 세탁소 배달원의 놀란 표정이 보였다. 부인은 생각했다. '다음번에 세탁물 배달하러 오면 한마디 해줘야겠어. 언제든 사고가 나고야 말걸.' 수전이 자전거를 타고 근처를 돌아다니게 될 것이라 생각하자 소름이 끼쳤다. 세탁소 주인한테 정식으로 편지를 보내는 것이 나을 것 같았다. '배달 차 운전수에게 적절하게 주의를 주시면 고맙겠습니다. 모퉁이에서 너무 빠른 속도로 회전을 하더군요'라고 써서. 발신인 이름은 쓰지 않을 것이다. 안 그러면 배달원이 부인 집의 무거운 세탁물 바구니를 옮길 때마다 불평을 해댈 테니.

부인은 집 앞에 다다랐다. 문을 밀어보니 경첩 부분이 헐거워져 떨어지기 직전이었다. 세탁물을 가지러 온 배달부가 거칠게 여닫는 바람에 망가진 것이 분명했다. 세탁소 주인에게 더 강한 어조로 편지를 써야 할 것 같았다. 차를 마시자마자 편지를 쓰기로 했다. 이런 편지는 기억이 생생할 때 써야 하는 법이니까.

열쇠를 꺼내 대문 열쇠 구멍에 넣었다. 하지만 열쇠가 구멍에 꽉 끼어버려 돌아가지 않았다. 이게 무슨 일이지. 초인종을 눌러야 했다. 하지만 그러면 그레이스가 위로 올라올 텐데, 그건 부인이 질색하는 일이었다. 아래층에 대고 소리를 질러 사정을 설명하는 편이 나을 듯했다. 부인은 계단 아래로 몸을 굽히고 부엌을 향해 외쳤다. "그레이스, 나 왔어! 열쇠가 구멍에 끼어버렸어. 문 좀 열어봐!"

부인은 기다렸다. 아무 대답이 없었다. 그레이스도 외출한 모양이었다. 이건 분명한 약속 위반이었다. 부인이 외출하면 그레이스가 집에 있기로 되어 있었던 것이다. 집에 사람이 아무도 없어서는 안 되었다. 때때로 부인은 그레이스가 제대로 약속을 지키고 있는지 의심하곤 했는데, 이제 증거를 잡은 셈이었다.

부인은 조금 더 날카로운 목소리로 한 번 더 불러 보았다. "그레이스?"

아래쪽에서 창문이 열리더니 한 남자가 부엌에서

고개를 내밀었다. 셔츠 바람에 면도도 하지 않은 사람이었다.

"거 뭣 때문에 시끄럽게 구는 거요?"

엘리스 부인은 너무 놀라 대답도 나오지 않았다. 자기를 속이고 이런 일을 벌이고 있었구나. 서른이 훨씬 넘은 그레이스가 남자를 집에 들이는 여자였다니. 부인은 침을 꿀꺽 삼키고 마음을 진정시켰다.

"그레이스한테 위로 올라와 문을 좀 열라고 전해 주시겠어요?"

비꼬는 말투는 제대로 전달되지 못했다. 남자는 눈을 껌벅이더니 되물었다. "그레이스라니, 누구 말이오?"

설상가상이군. 그레이스는 남자 앞에서 다른 이름을 사용하는 모양이었다. 뭔가 신비로운 이름, 예를 들어 셜리나 마를린 같은. 어떻게 된 상황인지 알 것 같았다. 그레이스는 남자에게 맥주를 사다 주려고 잠깐 외출한 것이다. 남자는 부엌에 늘어져 있고 말이다. 어쩌면 식품 저장실에 손을 댈지도 모른다. 이틀 전에 저장 고기가 너무 적다고 느꼈던 이유가 있었던 셈이다.

"그레이스가 외출했다면 직접 문을 좀 열어주시죠. 난 뒷문 출입은 좋아하지 않아서." 부인이 찬바람 도는 목소리로 말했다.

이렇게 말하면 남자도 부인이 누군지 알 터였다. 엘리스 부인은 분노로 몸을 떨었다. 본래 온화하고 침착한 성품이라 이렇게 화내는 경우는 극히 드물었다. 하지만 자기 집 부엌 창문으로 셔츠 바람의 술주정뱅이가 불쑥 튀어나오다니, 이건 도저히 참아줄 수 없는 일이었다. 그레이스와도 불유쾌한 대화를 나눠야 할 것이었다. 그레이스는 변명을 하겠지만 이건 어떤 이유로도 용납할 수 없는 종류의 사건이었다.

현관 복도를 따라 걸어오는 발소리가 들렸다. 남자가 지하에서 올라온 것이다. 남자는 문을 열고 서서 부인을 노려보았다.

"누굴 찾아온 거요?"

엘리스 부인은 거실 쪽에서 작은 개 한 마리가 요란하게 짖어대는 소리를 들었다. 손님들이 와 있는 건가? 이건 정말 최악이었다. 이 얼마나 오싹하도록 끔찍한 일인지. 누군가 찾아왔고 그레이스가 안에 들인 것이다. 아마 이 셔츠 바람 남자가 그렇게 시켰겠지. 동네 사람들이 이 상황을 대체 어떻게 생각할까?

"거실에 누가 있죠?" 부인이 중얼거리듯 물었다.

"볼턴 부부가 있을 것 같은데 잘 모르겠소. 하여튼 개가 짖으니 있는 모양이오. 그 부부를 만나러 온 거요?"

볼턴 부부라니, 엘리스 부인은 모르는 사람들이었다. 부인은 거실 쪽으로 돌아서면서 코트를 벗고 장갑을 주머니에 넣었다.

"당신은 다시 지하로 가는 게 좋겠군요." 여전히 자기를 노려보는 남자에게 부인이 말했다. "벨을 울리기 전까지는 차를 가져오지 말라고 그레이스에게 전해줘요."

남자는 어리둥절한 표정을 지으며 대답했다. "하여튼 난 내려가겠소. 또다시 볼턴 부부를 만나러 오게 되면 벨을 두 번 눌러요."

그는 쿵쾅거리며 계단을 내려갔다. 술에 취한 것이 분명해. 무례하게 굴려고 작정했군. 귀찮게 굴면 경찰에 신고해버리는 게 좋겠어.

엘리스 부인은 현관에 코트를 걸었다. 손님들이 거실에 있다면 2층에 올라갈 시간이 없었다. 스위치를 올렸지만 전구가 들어오지 않았다. 이건 또 무슨 일이람. 어떻든 거울에 자기 모습을 비춰 볼 수 없게 되었다.

걸음을 옮기던 부인은 무언가에 발이 걸려 넘어질 뻔했다. 허리를 굽히고 무엇인지 살펴보니 남자 부츠였다. 그 옆에 다른 신발도 있고 옷 가방과 낡은 깔개도 있었다. 그레이스가 남자 물건들을 현관에 놓아두게 했나. 그렇다면 그레이스도 오늘 밤에 떠날 작정일까. 대체 무슨 상황이지? 긴급 상황인 건 분명한데.

엘리스 부인은 억지로라도 미소를 지으려 애쓰면서 거실 문을 열었다. 작은 개가 미친 듯 짖으면서 달려왔다.

"주디, 조용히 해." 벽난로 앞에 앉은 남자가 말했다. 회색빛 머리카락에 뿔테 안경을 쓰고 타자기를 두드리고 있었다.

거실에 무슨 일이 일어난 걸까. 사방이 책과 종이 천지였다. 온갖 잡동사니가 바닥을 가득 채웠다. 새장 속 앵무새가 횃대 위에서 깡충대며 환영 인사를 했다. 부인은 입을 열려 했지만 목소리가 나오지 않았다. 그레이스가 돌아버린 게 분명하군. 지하실은 물론 거실에까지 남자를 들여 집을 완전히 엉망진창으로 만들다니. 사방을 온통 뒤집어엎은 꼴이었다. 의도적으로 주도면밀하게 자기 집을 망가뜨린 것이다.

아니, 그게 아니지. 이건 엄청나게 조직적인 절도범들이야. 전에 갱들이 집으로 침입한 이야기를 들은 적이 있었다. 그레이스는 어쩌면 아무 죄가 없고 지하실에 꽁꽁 묶여 있을지도 몰랐다. 엘리스 부인은 불쌍한 그레이스 생각에 갑자기 마음이 아파졌다. 약간 어지럽기도 했다.

부인이 생각했다. '침착해야 해. 무슨 일이 있더라도 침착하자고. 전화로 경찰에 신고하자. 그게 유일한 희망이야. 이 남자한테는 내 속마음을 드러내 보이지 말아야 해.'

작은 개가 다가와 킁킁 부인 발 냄새를 맡았다. "죄송합니다만, 무슨 일이시죠? 제 아내는 위층에 있습니다만." 남자가 뿔테 안경을 이마 위로 밀어 올리며 말했다.

정말 사악한 도둑놈들 아닌가. 타자기를 무릎에 올리고 앉아 있는 이 남자는 얼마나 침착한가. 뒷마당 쪽의 문으로 이 모든 물건을 들여놓은 게 분명해. 유리문이 살짝 열려 있었으니까. 엘리스 부인은 벽난로 가까이 가보았다. 걱정하던 대로였다. 스태퍼드셔 부부의 초상화도, 꽃 그림도 사라지고 없었다. 길가에 자동차, 아니 큰 짐차를 대놓은 거야……. 부인의 생각이 바삐 움직였다. 이 남자는 내가 누군지 모르는 모양이야. 이 남자 앞에서 연극을 해야겠군. 부인은 아마추어 배우로 활동하던 시절이 떠올랐다. 경찰이 도착할 때까지 어떻게든 이 사람들을 잡아둬야해. 정말 일솜씨가 번개 같은걸. 내 책상도, 책장도, 흔들의자도 어느새 사라지고 없어. 부인의 시선은 계속 남자를 주시했다. 자기가 방을 둘러보았다는 걸 모르게 해야 했다.

"부인께서 위층에 계시다고요?" 엘리스 부인이 침착하게 물었다.

"네. 약속을 하고 오셨다면 올라가십시오. 지금 스튜디오에 있으니까요. 정면에 있는 방입니다."

엘리스 부인이 조용히 거실을 나섰다. 작은 개가 부인을 졸졸 따라왔다.

한 가지는 분명해. 남자는 내가 누구인지 알아차리지 못했어. 집주인이 오후 내내 나가 있을 거라 생각했겠지. 여기 현관에 서서 심장박동을 억누르며 귀 기울이고 있는 나를 방문객으로 여기고 약속이니 뭐니 하는 엉뚱한 말로 따돌리려는 거야.

부인은 거실 문 옆에 조용히 서 있었다. 남자는 다시 타자기를 두드렸다. 부인은 그 차분한 태도, 철저한 위장 행동에 감탄했다. 최근에는 대규모 절도단 관련 기사가 없었다. 그렇다면 이건 새로 등장한 교활한 작자들인 모양이다. 이 집을 선택한 것부터가 대단했다. 하녀 하나만 데리고 사는 과부 집이라는 걸 알고 있었던 게 분명했다. 현관에 있던 전화기도 벌써 치워져 그 자리에 빵 한 덩어리와 신문지에 싼 고기 같은 것만 놓여 있었다. 식량까지 준비하다니……. 어쩌면 2층 침실 전화는 아직 치우지 않았거나 선을 자르지 않았을 수도 있었다. 남자는 자기 아내는 위층에 있다고 했다. 그 역시 꾸며낸 말일 수도 있고, 어쩌면 여자 공범이 있을 수도 있다. 그 여자가 옷장을 뒤져 값비싼 모피 코트를 훔치고 양식 진주 목걸이를 주머니에 넣는 중일지도 모른다.

엘리스 부인 귀에 침실을 돌아다니는 발소리가 들리는 것만 같았다. 분노가 두려움을 억눌렀다. 부인은 남자를 상대해 싸울 자신은 없었지만 여자라면 가능할 것 같았다. 최악의 경우 창밖으로 고개를 내밀고 비명을 지르면 된다. 이웃집 사람들이 듣고 달려올 것이다. 아니면 길거리를 지나가던 사람이라도.

엘리스 부인은 조심스러운 걸음으로 2층에 올라갔다. 작은 개가 길을 인도했다. 자기 침실 문밖에서 걸음을 멈추었다. 분명 안에서 누가 움직이는 소리가 들렸다. 개는 부인을 바라보며 가만히 기다렸다.

그 순간 수전의 작은 침실 문이 열리더니 뚱뚱하고 나이 든 여자가 밖을 내다보았다. 얼굴이 붉었고 얼룩 고양이 한 마리를 한쪽 팔에 안고 있었다. 개는 고양이를 보자마자 미친 듯이 짖기 시작했다.

"또 이러는군요. 대체 왜 개를 2층에 데려오죠? 만나기만 하면 고양이와 싸우잖아요. 아직 우편배달부는 안 왔나요? 아, 미안합니다, 볼턴 부인인 줄 알고 그만." 여자는 다른 팔에 끼고 있던 빈 우유병을 문간에 놓았다. "도대체 저 망할 놈의 계단을 내려갈 수가 없군요. 누가 날 위해서 계단을 싹 없애야 해요. 바깥에 안개가 끼었나요?"

"아뇨." 엘리스 부인은 이렇게 대답하는 자신의 침

착한 태도에 놀랐다. 그리고 여자의 시선을 느끼면서 안방으로 들어가야 할지, 아니면 계단을 다시 내려가야 할지 고민했다. 눈빛이 사악한 늙은 여자도 갱단의 일원일 테고, 언제 아래층 남자를 부를지 모를 일이었다.

"약속을 하셨나요?" 여자가 물었다. "미리 약속하지 않으면 만나주지 않을 거예요."

엘리스 부인이 입술을 살짝 떨며 미소를 지어 보였다. "고맙습니다. 약속은 해두었답니다." 부인은 스스로도 놀랄 만큼 잘 대처하고 있었다. 런던의 연극배우라 해도 이보다 더 잘할 수는 없을 것이다.

늙은 여자는 눈을 찡긋해 보이고 가까이 다가와 소매를 잡았다. "어떻게 해달라고 할 생각이에요? 요즘 남자들은 환상적인 걸 좋아한다우. 내 말뜻 알죠?" 여자는 부인을 살짝 밀며 다시 눈을 찡긋했다. "반지를 보니 결혼했구먼. 아무리 점잖은 남편이라도 환상적인 사진을 좋아하는 법이지. 이 늙은이 말 무시하지 말아요. 환상적인 걸로 해달라고 해요."

여자는 다시 수전 방으로 들어가 문을 닫았다.

부인이 다시 현기증을 느끼면서 생각했다. '정신병

자들이 집단으로 탈출이라도 한 건가. 도둑질을 하거나 집을 망가뜨리려는 것이 아니라, 정신이상 때문에 여기가 정말로 자기 집이라고 생각하는지도 몰라.'

이 사실이 알려지면 모두들 얼마나 충격을 받을까. 신문 1면이 도배되고 내 사진이 사방에 실리겠지. 수전을 위해서는 절대 안 될 일이었다. 저 역겨운 노파가 수전 방에 있다니 이게 웬일이람.

엘리스 부인은 용기를 내 침실 문을 열었다. 흘깃 보기만 해도 최악이었다. 거의 텅 빈 상태였다. 여기저기 조명이 서 있고 삼각대 위에 카메라가 설치되어 있었다. 소파는 벽에 붙어 있었다. 곱슬머리 젊은 여자가 바닥에 앉아 종이를 정리하는 중이었다.

"누구시죠? 전 약속 없이는 사람을 만나지 않아요. 그러니 여기 들어오지 마세요."

엘리스 부인은 대꾸하지 않고, 단호한 표정으로 방 안을 둘러보았다. 위치가 바뀌긴 했지만 다행히 전화기는 여전히 방에 있었다. 전화기 앞으로 다가가 수화기를 들었다.

"제 전화로 뭘 하는 거죠?" 곱슬머리 여자가 비명을 지르며 무릎걸음으로 다가왔다.

"경찰을 불러주세요." 엘리스 부인이 침착하게 교환원에게 말했다. "엘름허스트거리 17번지로 당장 출동해달라고요. 제가 큰 위험에 처했거든요. 당장 경찰에 알리세요."

옆으로 다가온 여자가 수화기를 빼앗았다. 얼굴이 창백했다. "대체 누가 보낸 거죠? 이렇게 염탐질을 해봤자 소용없어요. 아무것도 찾아내지 못할 테니까. 경찰이든, 누구든요. 난 엄연히 등록을 하고 일하는 거라고요."

여자 목소리가 높아졌고 개도 거기 맞춰 높은 소리로 짖어댔다. 여자는 문을 열고 아래쪽으로 소리쳤다. "해리, 이리 와서 이상한 여자 좀 쫓아줘요!"

엘리스 부인은 조용히 서서 기다렸다. 두 손을 깍지 끼고 등을 벽에 기댔다. 곧 경찰이 도착할 것이다.

아래층에서 거실 문이 벌컥 열리는 소리와 짜증 섞인 남자 목소리가 올라왔다. "무슨 일이야! 나 바쁘다는 거 알잖아. 여자는 당신이 처리해. 뭔가 이상한 포즈를 원해서 그러는 거야?"

곱슬머리 여자가 눈을 가늘게 떴다. 그리고 엘리스 부인을 살펴보았다. "제 남편이 당신한테 뭐라고 했나요?”

엘리스 부인은 승리감에 차서 생각했다. 드디어 이 사람들이 겁을 먹는군. 생각했던 것만큼 쉬운 게임은 아니란 걸 이제야 알겠니? 부인이 조용히 대답했다. “당신 남편과는 아무 말도 하지 않았어요. 그저 2층으로 올라가면 당신이 있을 거라는 말만 들었죠. 이 방에요. 자, 더는 허세 부릴 생각 말아요. 너무 늦었으니까. 난 당신이 무슨 짓을 하고 있는지 안다니까.” 부인이 방 안을 손짓해 보였다.

여자가 부인을 노려보았다. “당신이야말로 엉뚱한 수작 부리지 마요. 내 스튜디오는 충분히 인정받는, 수준 높은 곳이에요. 아이들 사진을 주로 찍죠. 그걸 증명해줄 고객들은 얼마든지 있어요. 다른 증거는 하나도 못 찾을걸요. 한번 반박을 해봐요, 내가 넘어갈 만한.”

엘리스 부인은 얼마나 기다려야 경찰이 올지 궁금했다. 그동안은 적당히 게임을 이어가야 한다. 나중에는 침실을 이렇게 뒤집어놓고 자기가 사진사라고 믿고 있는 이 정신 나간 여자를 불쌍하게 여길지도 모르지만 지금은 침착, 또 침착해야 한다.

"경찰이 오면 무슨 말을 하려고요? 나한테 무슨 문제가 있다고 할 거죠?"

정신병자를 적대적으로 대해서는 안 된다. 엘리스 부인도 그 정도는 알고 있었다. 비위를 맞춰줘야 한다. 경찰이 올 때까지는 곱슬머리 여자를 달래고 있어야 한다. "여기가 우리 집이라고 말해야죠. 그게 전부예요."

여자는 어이없다는 듯 부인을 쳐다보고 담뱃불을 붙였다. "그러니까 그게 당신이 원하는 포즈예요? 경찰 신고 전화는 허세였고요? 왜 처음부터 분명하게 말하지 않았나요?"

두 사람의 말소리가 수전 방에 있는 늙은 여자의 관심을 끈 모양이었다. 늙은 여자가 열린 문 앞에 와서 섰다.

"무슨 문제라도 있어요?" 늙은 여자가 곱슬머리에게 물었다.

"상관 말아요! 당신하고 상관없는 일이잖아요. 난 당신 일에 간섭 안 하니 당신도 나한테 간섭 말라고요." 곱슬머리가 신경질적으로 대답했다.

"간섭하려는 게 아니에요. 그저 도와줄 일이 없나

하는 거지. 까다로운 손님인 거죠? 터무니없는 요구라도 하나요?"

"그 입 좀 다물라니까요!"

볼턴인가 하는 성을 가진 남편, 거실에 있던 그 뿔테 안경 남자가 올라와 방으로 들어왔다.

"무슨 일이야?"

곱슬머리 여자가 어깨를 으쓱하며 엘리스 부인 쪽을 눈짓했다. "나도 모르겠어. 무슨 협박범 같아."

"뭘 가지고 협박하는데?" 남자가 황급히 되물었다.

"모르겠어. 전에 본 적도 없는 사람이야."

"다른 손님한테서 뭔가 들었는지도 모르지." 지켜보던 늙은 여자가 끼어들었다.

세 사람은 일제히 엘리스 부인을 쳐다보았다. 부인은 기죽지 않았다. 충분히 상황을 장악한 입장이었다.

"우리 모두 좀 긴장한 것 같군요. 다 함께 아래층으로 내려가 벽난로 앞에서 조용히 앉아 담소를 나누면 어떨까요? 당신들 일에 대해 말해줘요. 세 분 모두 사진가인가요?"

이렇게 말하면서도 부인은 대체 이 사람들이 자기 물건을 어디에 숨겼는지 생각하고 있었다. 침대는 수전 방에 밀어 넣었을 것이다. 옷장은 두 부분으로 나뉘지니 순식간에 옮겼을 테고. 하지만 옷이며 장신구며 하는 것들은? 대형 트럭에 감췄나? 집 바깥 길 어딘가에 자신의 물건이 가득 실린 트럭이 서 있을 것이다. 다른 길에 주차되어 있을 수도 있고, 또 다른 공범이 벌써 그 트럭을 몰고 어디론가 가고 있을 수도 있다. 경찰은 장물 추적을 금방 해낼 것이다. 게다가 모든 물건은 보험에 들어 있다. 하지만 온 집 안을 이렇게 난장판으로 만들다니, 이건 보험으로도 보상이 안 될 것이다. 정신병자들에게 입은 피해 보상 규정이 없는 한은. 천재지변으로도 분류가 안 될 것이고⋯⋯. 부인의 생각이 바삐 돌아갔다. 이 혼란과 무질서라니, 그레이스와 함께 모든 것을 제대로 정돈하려면 대체 몇 날 며칠이 걸릴까?

불쌍한 그레이스. 어느 틈에 그레이스를 잊고 있었다. 꽁꽁 묶이고 입에 재갈까지 물린 채 그 무례한 지하층 남자의 감시를 받고 있겠지.

"자, 그럼, 제가 제안한 대로 모두들 내려가실까요?" 부인이 몸을 돌려 앞장섰다. 놀랍게도 부부가 뒤를 따라왔다. 괴상한 늙은 여자는 2층에 남아 난간 사이로 일행을 내려다보았다.

"난 필요하면 불러요." 늙은 여자가 말했다.

엘리스 부인은 그 늙은 여자가 수전 물건에 손을 대는 장면을 상상조차 하기 싫었다. "함께 가시죠? 아래 층에서 이야기를 나누는 게 훨씬 즐거울 텐데요." 부인이 정중하게 권했다.

늙은 여자가 히죽 웃었다. "그건 볼턴 부부가 해야 할 말 같은데요. 어떻든 괜히 나서고 싶지 않아요."

엘리스 부인이 생각했다. '세 사람을 전부 거실에 몰아넣고 문을 잠근 다음, 대화를 하면서 경찰이 올 때까지 딴생각 못하도록 해야 해. 거실에도 정원으로 나가는 문이 있긴 하지만 그 문을 지나 집을 탈출하려면 담장을 기어올라야 해. 최소한 저 늙은 여자한테는 불가능한 일이야.'

"자, 이제 자리에 앉으실까요." 어수선한 거실에 들어가 엘리스 부인이 몸을 돌리며 말했다. "이 사진들 이야기를 좀 해주시면 좋겠네요."

하지만 부인이 말을 마치기 무섭게 현관 초인종이 울렸고 문 두드리는 소리가 요란했다. 마음이 놓인 부인은 다시 현기증을 느끼면서 거실 문에 기대섰다.

경찰이었다. 남자는 무슨 일이냐고 묻는 시선으로 자기 아내를 보더니 말했다.

"들어오라고 하는 게 좋겠어. 어차피 저 여자한테 증거 따위는 없을 테니까." 그러고는 남자는 현관으로 나가 문을 열었다. "어서들 오십시오. 두 분이나 오셨군요."

"전화 신고를 받았습니다. 무슨 문제가 생겼다고요." 부인에게도 경찰의 말소리가 들렸다.

"뭔가 오해가 있는 것 같습니다. 사실은 손님이 오셨는데 좀 정상이 아닌 것 같습니다." 남자가 대답했다.

엘리스 부인이 현관으로 나갔다. 전에 본 적 없는 사람들이었다. 본래 이 구역을 담당하는 젊은 경찰관이면 좋았을걸. 하지만 뭐, 괜찮았다. 출동한 두 사람 모두 건장한 체구였다.

"전 지극히 정상이에요. 제가 교환을 통해 신고했습니다." 부인이 단호하게 말했다.

경찰이 수첩과 연필을 꺼냈다. "무슨 문제죠? 우선 성함과 주소부터 알려주시죠."

엘리스 부인이 억지로 미소를 지었다. 이 경찰이 계

속 멍청하게 굴지 않으면 좋겠다고 생각하면서. "그럴 필요는 전혀 없어 보입니다만, 어떻든 제 이름은 월프레드 엘리스 부인이고 주소는 지금 이 집입니다."

"여기 세입자라고요?" 경찰이 물었다.

부인은 얼굴을 찡그렸다. "아니요, 여긴 제 집인걸요. 제가 사는 집이라고요." 순간 볼턴 부부가 시선을 주고받는 모습이 눈에 들어왔고 지금이야말로 사실을 밝힐 때라는 생각이 들었다. "경찰관님과 단둘이 말씀 나누고 싶은데요. 이건 아주 긴급한 상황이어서요. 약간 이해하기 힘드실지 모르겠지만."

"기소하실 건이 있다면 어느 경찰서에서든 처리해드릴 겁니다." 경찰이 대답했다. "저희는 여기 17번지의 세입자 누군가가 위험에 처했다는 신고를 받았습니다. 교환에게 그렇게 신고한 분이 부인인가요, 아니면 다른 사람인가요?"

엘리스 부인은 자제력을 잃기 시작했다.

"제가 신고한 거라니까요! 집에 돌아와 보니 도둑놈들, 그러니까 여기 있는 이 정신병자들이 제 집을 차지해 엉망으로 만들어놨더군요. 뭐하는 놈들인지는 몰라도 제 물건을 다 치워버리고 집 안을 난장판으로 만들어놨다고요." 말이 어찌나 빠른지 제대로 알아듣기 어려울 지경이었다.

아래층에 있던 남자가 올라오더니 경찰들을 보고 눈을 휘둥그레 뜨고는 말했다. "저 부인이 찾아온 걸 처음 본 사람이 접니다. 점잖은 사람인 줄 알았죠. 안 그랬다면 절대 들여놓지 않았을 겁니다."

경찰이 약간 짜증 나는 표정으로 그 남자를 보며 말했다. "당신은 누구요?"

"업쇼라고 합니다. 윌리엄 업쇼죠. 이 집 지하에 살고 있습니다."

"거짓말이에요!" 엘리스 부인이 외쳤다. "저 사람은 여기 사는 게 아니에요. 절도단의 일원이라고요. 여기 지하에는 우리 집 하녀 외에는 아무도 살지 않아요. 그레이스 잭슨이라는 사람이죠. 지하를 수색해 보면 저 악당이 묶어서 가둬둔 하녀가 있을 거예요." 부인은 완전히 자제력을 잃은 상태였다. 평소 낮고 침착하던 목소리가 이제는 발작에 가까웠다.

"점잖은 줄 알았더니. 저 머리카락에 붙은 지푸라기 좀 보세요." 지하실 남자가 말했다.

"자, 조용히 하세요." 잠자코 있던 젊은 경찰이 선

배 경찰 귀에 대고 무언가 속삭였다. "그래, 전화번호부는 여기 있어." 선배 경찰이 대답했다.

그가 전화번호부를 뒤지기 시작했다. 엘리스 부인은 흥분을 삭이며 그 모습을 지켜보았다. 이토록 멍청한 사람은 처음이었다. 경찰서에서는 왜 하필 이런 사람을 보낸 거지?

경찰이 뿔테 안경 남자를 바라보았다. "당신이 헨리 볼턴이오?" 그가 물었다.

"네. 접니다." 남자가 기다렸다는 듯 대답했다. "이쪽은 제 아내고요. 우리는 1층에 삽니다. 2층은 아내 스튜디오고요. 사진작가거든요."

계단 쪽에서 소리가 나더니 사악한 늙은 여자가 난간 끝에서 모습을 나타냈다. "내 이름은 백스터예요. 예전 배우 시절에는 빌리 백스터라고 불렸죠. 저는 여기 17번지 2층 뒤쪽 방에 살아요. 여기 이 손님은 꼬치꼬치 따지고 드는 사람이더군요. 볼턴 부인 스튜디오를 열쇠 구멍으로 엿보는 모습을 봤어요."

"그러니까 이 부인은 여기 세 든 분이 아니군요?" 경찰이 물었다. "전화번호부에도 이름이 없네요."

"처음 보는 분입니다, 경찰관님." 볼턴 씨가 말했

다. "업쇼 씨가 실수로 문을 열어준 바람에 집에 들어와서 제 아내의 스튜디오로 올라갔고, 아내를 협박한 후 경찰에 신고까지 한 겁니다."

경찰이 엘리스 부인을 보았다. "더 하실 말씀은?"

엘리스 부인이 침을 꿀꺽 삼켰다. 침착해야 해. 심장이 이렇게 미친 듯이 뛰면 안 돼. 당장이라도 목구멍에서 울음이 치솟을 것 같지만 그러면 안 돼.

"경찰관님, 큰 실수를 하고 계시네요. 이 지역을 처음 맡으셔서 그러시는 것 같아요. 저 젊은 분도 그렇고요. 하지만 경찰서에 연락해보시면 모두들 절 안다고 할 겁니다. 벌써 여러 해 동안 여기 살았거든요. 제 하녀 그레이스도 저와 함께 여기서 오래 살았고요. 제 가족은 남편과 딸 하나인데, 남편 윌프레드 엘리스는 2년 전에 세상을 떠났고 아홉 살짜리 딸은 기숙학교에 있습니다. 오늘 오후에 잠깐 산책을 나갔다 왔는데 그사이에 이 사람들이 집에 침입해 물건을 다 빼내고 집을 엉망으로 만들어놨어요. 당장 경찰서에 알아보시면……."

"자, 자, 알겠습니다." 경찰이 수첩을 집어넣으면서 말했다. "이제 경찰서로 가서 상황을 다시 정리해봅

시다. 여기 계신 분들 중에서 엘리스 부인을 주거침 입죄로 고소할 분이 있나요?”

침묵이 흘렀다. 아무도 입을 열지 않았다.

“그렇게 빡빡하게 굴 생각은 없습니다. 저희 부부는 그냥 없던 일로 하고 지나갔으면 합니다.” 볼턴 씨가 망설이듯 말했다.

“이 여자가 경찰서에 가서 저희에 대해 뭐라고 떠들든 그건 사실이 아니라는 점만 분명히 해둘게요.” 볼턴 부인이 거들었다.

“알겠습니다. 필요하면 두 분께 연락을 드리겠습니다만, 그럴 일은 없을 듯합니다.” 경찰이 부인 쪽으로 돌아섰다. 위엄 있는 태도였다. “그럼 엘리스 부인, 바깥에 차가 있으니 함께 경찰서로 가시죠. 거기서 말씀을 계속하시면 됩니다. 코트가 있으신가요?”

엘리스 부인은 현관문 쪽으로 돌아섰다. 경찰서가 어디인지는 잘 알고 있었다. 5분도 안 걸리는 거리였다. 당장 그리로 가는 게 낫겠어. 도대체 말이 안 통하는 이 바보 멍청이들 말고 다른 사람을 만나야지. 하지만 그동안 이 사람들은 원하는 대로 다 훔쳐낼 거고, 나중에 경찰과 함께 돌아와 보면 도망친 후가 아닐까. 부인은 어두운 현관에서 부츠며 짐 가방에 발이 걸려 넘어질 뻔하면서 코트를 찾아냈다. "경찰관님, 여기 잠깐만 와보세요."

경찰이 다가왔다. "네."

"여기 있던 전구를 빼버렸어요." 부인이 낮은 소리로 속삭였다. "오늘 오후만 해도 멀쩡했는데 말이죠. 이 부츠며 짐 가방도 잠깐 사이에 가져다 놓은 거예요. 아마 이 짐 가방 안에 제 장신구들이 들어 있겠죠. 경찰 한 분은 여기 남으셔서 저 도둑놈들이 도망가지 못하게 지켜주시면 좋겠어요."

"엘리스 부인, 그건 걱정 마십시오." 경찰이 말했다. "자, 이제 가실까요?"

두 경찰이 서로 눈짓을 주고받았다. 젊은 사람은 킥킥거리며 웃음을 참고 있었다. 그 모습을 보니 경찰 한 명이 남아 집을 지켜주지 않을 것임을 알 수 있었다. 부인은 새로운 의심이 들었다. 이 두 경찰은 정말로 경찰일까? 혹시 절도범들과 같은 패거리는 아닐까? 낯선 얼굴이며 미숙한 일 처리를 보면 그럴 것도 같았다. 두 사람이 자신을 멀리 데려가 약을 먹이거나 죽여버리지는 않을까.

“전 당신들과 함께 가지 않겠어요.” 부인이 재빨리 말했다.

“자, 엘리스 부인, 말썽 일으키지 마십시오. 경찰서에서 차 한잔하신다고 생각하시면 됩니다. 아무도 부인을 괴롭히지 않을 거예요.” 경찰이 말했다.

그가 부인의 팔을 잡았다. 부인은 팔을 비틀어 빼내려 했다. 젊은 경찰이 다가왔다.

“도와주세요! 제발 도와주세요!”

누군가가 달려와야 했다. 옆집 사람이라도, 물론 누군지 모르고 지내긴 했지만 목소리를 조금만 높인다면 오지 않을까…….

“딱한 여자군. 어쩌다가 저렇게까지 됐을까.” 지하층 남자가 말했다.

엘리스 부인은 남자가 불쌍한 눈빛으로 자기를 바라보는 것을 보면서 숨이 막힐 것만 같았다.

“감히, 네놈들이 감히!” 하지만 부인은 경찰들에게 이끌려 현관문 밖 계단을 내려갔고 정원을 지나 차에 올라타야 했다. 차 안에는 운전을 맡은 경찰이 한 명 더 있었다. 부인은 경찰에게 팔을 잡힌 채 뒷좌석에 앉았다. 차가 언덕길을 내려가고 벌판을 지났다. 부인은 창밖을 내다보며 차가 어디로 가는지 보려 했지만 경찰의 체구에 자꾸만 시야가 가려졌다. 모퉁이를 돈 후 차가 멈췄다. 놀랍게도 경찰서 앞이었다. 그럼 이 사람들은 진짜 경찰이군. 절도단 일원이 아니야. 잠깐 착각하는 바람에 놀랐지만 다행히 안심해도 되겠어. 엘리스 부인은 비틀거리며 차에서 내렸고, 여전히 팔을 잡은 경찰의 안내를 받으며 안으로 들어갔다.

경찰서 내부는 낯설지 않았다. 몇 년 전 고양이를 잃어버렸을 때 와본 적이 있었다. 늘 그렇듯이 잡혀와서 뭔가를 털어놓는 사람들이 있었다. 모든 것이 공식적이고 바삐 돌아가는 곳이었다. 부인은 자기도 그 사람들과 함께 대기하게 될 것이라 생각했지만, 경찰은 부인을 안쪽에 있는 방으로 데리고 들어갔다. 커다란 책상 앞에 다른 경찰이 앉아 있었다. 계급이 더 높은 사람이었고 고맙게도 훨씬 똑똑해 보였다.

부인은 경찰이 입을 열기 전에 먼저 말을 시작했다. "커다란 오해가 있었습니다. 저는 엘름허스트 17번지에 사는 엘리스 부인입니다. 제 집에 도둑들이 침입했습니다. 떼로 몰려왔다니까요. 아주 치밀한 계획을 세운 것 같습니다. 경찰관 둘도 문제없이 속이더라고요.”

책상 앞에 앉은 계급 높은 경찰은 부인 쪽으로는 눈길도 주지 않았다. 그저 부인을 데려온 경찰에게 눈썹을 치켜세울 뿐이었다. 경찰은 모자를 벗고 상사에게 다가갔다. 어느새 나타난 여경이 엘리스 부인 옆에 서서 팔을 붙잡았다.

경찰과 그 상관은 낮은 목소리로 이야기를 나누었다. 엘리스 부인에게는 무슨 말인지 들리지 않았다. 부인의 두 다리가 긴장으로 덜덜 떨렸다. 머리가 둥둥 떠다니는 기분이었다. 고맙게도 여경이 의자를 권해주었고, 조금 후에는 차도 한 잔 갖고 왔다. 하지만 부인은 차를 마시고 싶지 않았다. 귀중한 시간을 낭비하고 있었기 때문이다.

“부탁드려요. 제 말을 좀 들어주세요.” 부인이 입을 열자 여경이 팔을 잡은 손에 힘을 주었다. 책상 앞에 앉은 경찰이 앞으로 데려오라는 손짓을 했다. 부인은 다른 의자로 옮겨 앉았다. 여경은 여전히 곁에 붙어 있었다.

“자, 무슨 말씀을 하고 싶으시죠?”

엘리스 부인이 두 손의 깍지를 꼈다. 이제 부인은

마주 앉은 계급 높은 경찰 역시 자신을 데려온 경찰처럼 바보 멍청이일 거라는 예감이 들었다.

"제 이름은 엘리스입니다. 윌프레드 엘리스 부인이죠. 엘름허스트 17번지에 삽니다. 전화번호부를 보시면 제 이름이 있을 겁니다. 벌써 10년이나 거기 살고 있고 동네 사람들도 저를 잘 압니다. 아홉 살짜리 딸이 있는데 지금 기숙학교에 있습니다. 요리와 가사를 돌보는 그레이스 잭슨이라는 하녀도 같이 삽니다. 오늘 오후 잠깐 산책을 하러 나갔다 돌아와 보니 침입자들이 있고 하녀는 사라졌더군요. 방마다 있던 제 물건들도 다 사라지고 도둑놈들이 주인 행세를 하더라고요. 여기 이 경찰도 속아 넘어갈 정도로 당당했어요. 그래서 제가 교환을 통해 전화로 신고를 했습니다. 도둑들이 겁을 먹기에 제가 거실에 몰아넣었죠."

엘리스 부인이 숨을 고르기 위해 말을 멈췄다. 상대 경찰은 부인을 주시하며 귀를 기울이고 있었다.

"알겠습니다. 말씀 잘 들었습니다, 엘리스 부인. 자, 혹시 부인 신분을 증명해줄 뭔가를 갖고 계시나요?"

부인이 상대를 바라보았다. 신분증이라고? 물론 있고말고. 다만 지금은 가지고 있지 않았다. 핸드백을 가지고 나오지 않았으니. 명함은 책상에 있고 여권은 (그 여권으로 윌프레드와 함께 프랑스 디에프를 여행한 적이 있었다) 기억이 맞는다면 침실의 작은 책상 왼쪽 서랍에 들어 있었다.

불현듯 뒤죽박죽이 되어버린 집 안 꼴이 생각났다. 거기서 뭘 찾아낼 수 있을까…….

부인이 경찰에게 말했다. "참으로 안타깝습니다만, 외출하면서 핸드백을 두고 나왔어요. 침실 서랍장에 뒀어요. 명함은 거실 책상에 있고, 여권은 침실 책상 서랍에 있어요. 여행을 자주 다니지 않아 여권은 기한 만료된 것이긴 합니다만. 하지만 도둑들이 온 집 안을 뒤집어놓았으니 어떻게 찾을 수 있을지 모르겠군요."

경찰이 종이에 메모를 했다. "그래서 신분을 증명할 것이 하나도 없다고요? 배급 통장도 없고요?"

"설명을 드렸잖아요. 제 명함은 집 책상에 있다니까요. 배급 통장이라니 그건 또 무슨 말씀이신지." 엘리스 부인이 화를 가라앉히면서 말했다.

경찰이 메모를 계속했다. 그는 여경에게 눈짓을 했고, 여경은 엘리스 부인의 주머니를 뒤지기 시작했다. 엘리스 부인은 연락을 취해 신분을 증명해달라고 부탁할 만한 친구, 차를 몰고 바로 달려와 이 멍청이들을 바로잡아줄 사람이 없는지 생각해보았다. '침착해야 해.' 부인은 다시 생각했다. '침착해야 한다고.' 콜린스 부부가 제일 좋을 테지만 지금 해외에 나가 있다. 네타 드레이콧은 분명 집에 있겠지. 이 시간에는 아이들 때문에 늘 집에 있는 여자니까.

"그럼 이렇게 해주세요." 엘리스 부인이 말했다. "전화번호부에서 제 이름과 주소를 확인하세요. 그게 싫다면 하이스트리트은행에 연락해 저에 대해 알아보세요. 지난 토요일에 제가 수표를 현금으로 바꿨으니까요. 마지막으로 찰턴 코트 21번지에 사는 제 친구 드레이콧 부인에게 전화를 걸어 제 신원을 확인하시는 방법도 있습니다."

부인은 기진맥진해서 의자에 등을 기댔다. 이보다 더한 악몽, 더한 절망적인 고초가 또 있을까. 공교로운 일들이 겹치고 또 겹치는군. 핸드백만 들고 나왔더라면 명함이 있으니 다 해결됐을 텐데. 이러는 사이에도 못된 도둑놈들은 집을 계속 뒤져 귀중한 물건들을 내가고 있을 텐데…….

"엘리스 부인, 말씀대로 확인을 해보았습니다. 그

런데 소용이 없군요. 부인 성함은 전화번호부에 나와 있지 않습니다.”

“그럴 리가 있나요. 저한테 줘보세요. 찾아드릴 테니.” 부인이 발끈하며 말했다.

여전히 뒤에 서 있던 경찰이 전화번호부를 가져다주었다. 부인은 손가락으로 엘리스라는 이름들을 죽 짚어나갔다. 엘리스는 많았지만 그중 자신은 없었다. 자신의 주소도 보이지 않았다. 다시 찾아보니 엘름허스트 17번지에는 볼턴, 업쇼, 백스터라는 성만 나와 있었다. 부인은 전화번호부를 밀어버렸다. 그리고 경찰을 노려보았다.

“이 전화번호부는 뭔가 잘못됐어요. 틀린 책이라고요. 저희 집에 있는 것과 달라요.”

경찰은 대답하지 않았다. 그저 전화번호부를 덮어버릴 뿐이었다. “엘리스 부인, 몹시 지치신 것 같습니다. 잠깐 쉬시는 게 좋겠군요. 그사이에 저희는 친구분과 연락을 취해보겠습니다. 아마 곧 연락이 닿겠죠. 의사를 부를 테니 잠깐 이야기를 나누십시오. 진정제를 드시고 잠시 쉬시면 기분이 훨씬 좋아지실 겁니다.”

여경이 엘리스 부인을 의자에서 일으켜 세우더니 말했다. "이쪽으로 오십시오."

"하지만 우리 집은 어쩌고요? 도둑놈들이 잔뜩인데. 하녀인 그레이스는 지하에 묶여 있을 테고요. 집에 적절한 조치를 해주시겠죠? 그놈들을 그대로 도망치게 놔둬서는 안 돼요. 지금도 귀중한 시간을 30분이나 낭비했는데……."

"엘리스 부인, 걱정 마십시오. 그 문제는 저희한테 맡겨두시면 됩니다." 경찰이 말했다.

여전히 항의하는 말을 내뱉는 부인을 여경이 안내했다. 복도를 걸어가면서 여경은 "자, 안심하세요. 마음 편히 먹으세요. 아무도 부인을 괴롭히지 않을 테니" 하고 계속 말했다. 이윽고 침대가 놓인 작은 방이 나왔다. 죄수들을 가둬두는 방이었다. 여경은 부인이 코트를 벗고 스카프를 풀도록 도와주었다. 엘리스 부인은 쓰러지기 일보 직전이었으므로 여경이 이끄는 대로 침대에 누워 딱딱한 작은 베개를 베고 거친 회색 담요를 덮었다.

부인이 여경의 손을 잡았다. 어떻든 여경의 얼굴은 친절했으니까. "제발 부탁이에요. 햄스테드 4072로 전화 걸어보세요. 내 친구 드레이콧 부인 번호예요. 이리로 와달라고 해주세요. 남자 경찰은 제 말을 믿어주지 않는군요.”

“알겠습니다. 다 잘될 테니 걱정 마세요.” 여경이 말했다.

누군가가 방으로 들어왔다. 깔끔하게 면도한 남자로 가방을 들고 있었다. 여경에게 인사를 하고 가방을 열어 청진기와 체온계를 꺼냈다. 이어 엘리스 부인에게 미소를 지으며 “약간 흥분하셨다면서요. 한번 봐드리겠습니다. 자, 손목을 주실까요?”라고 말했다.

엘리스 부인은 딱딱하고 좁은 침대에서 일어나 앉아 담요를 턱까지 끌어당겼다. “선생님, 저는 정말이지 무엇에도 비할 수 없을 만큼 무서운 일을 겪고 있어요. 누구라도 제 입장이라면 흥분하지 않을 수 없을 거예요. 집에 절도범들이 침입했는데 아무도 제 이야기를 들어주지 않아요. 저는 엘리스 부인이라고 해요. 부디 경찰들을 설득해주시…….” 의사는 부인의 말을 듣지 않고 있었다. 여경의 도움을 받아 부인의 체온을 쟀다. 어린아이에게 하듯 팔이 아니라 입에 체온계를 넣고서. 이어 맥박을 재고 눈꺼풀을 뒤집어 본 후 심장 소리를 들었다. 그동안 엘리스 부인은 쉴 새 없이 말했다.

"이런 검사는 늘 해야 하는 거고 선생님은 의무를 다하시는 거라는 걸 알아요. 하지만 미리 경고해두죠. 절 이리로 데려온 후, 아니 경찰이 우리 집에 온 이후 제가 받은 대접은 대단히 치욕스럽군요. 전 하원 의원과 개인적으로 잘 아는 사이예요. 의원님이 이 상황을 알게 되면 분명 문제를 제기할 것이고 그럼 누군가 책임을 져야 할 거예요. 전 남편을 잃었고 가까운 친척도 없고 하나뿐인 딸은 멀리 기숙학교에 가 있는 상황이지만, 친한 친구인 콜린스 부부도 해외에 나가 있지만, 그래도 거래 은행에서는……."

의사는 부인의 팔을 톡톡 두드리더니 주사를 놓았다. 부인은 신음 소리를 내며 베개 위로 쓰러졌다. 의사는 계속 부인의 팔을 잡고 있었고 주사약이 혈관으로 들어가는 동안 부인은 머리가 빙빙 도는 듯 기묘하게 멍한 상태가 되었다. 눈물이 뺨을 타고 흘러내렸다. 부인은 저항할 수 없었다. 그러기에는 너무도 기운이 없었다.

"어떠신가요? 훨씬 낫죠?" 의사가 물었다.

부인의 입이 바짝 말랐다. 입안에 침 한 방울 없었다. 인체를 마비시키고 무력하게 하는 주사약이 들어가자 동시에 부인 마음속에서 끓어오르던 감정도 고요해졌다. 신경을 팽팽하게 잡아당기던 분노와 두려움, 불안감이 사라진 것이다. 부인은 자신이 경찰 앞에서 제대로 설명하지 못했다고 생각했다. 핸드백 없이 외출했던 경솔함도 문제였다. 게다가 절도범들은 유달리 치밀하고 노련했다. '침착하자. 침착해야 해. 일단 좀 쉬자.'

"이제 다시 말씀해보시죠. 엘리스 부인이시라고요?" 의사가 부인 손목을 놓았다.

엘리스 부인은 한숨을 내쉬고 눈을 감았다. 또다시 이야기를 해야 한단 말인가? 경찰들이 모두 수첩에 받아쓰지 않았나? 똑같은 말을 계속하게 하다니 국가 조직은 왜 이렇게 비효율적일까? 전화번호부의 이름과 주소가 잘못 나온 것만 해도 그렇다. 경찰력이 핵심부까지 이렇게 썩었으니, 강도며 살인 등 온갖 범죄가 일어나는 게 놀랍지도 않다. 그 하원 의원 이름이 뭐더라? 생각날 듯 혀끝에서 이름이 맴돌았다. 포스터 사진에서 늘 진실한 표정을 짓고 있던 연갈색 머리카락 남자인데. 그 의원을 확실하게 지지하는 구역은 햄스테드다. 의원이 내 상황을 알게 된다면…….

"엘리스 부인, 이제 진짜 주소가 기억나시나요?" 의사가 물었다.

부인이 눈을 떴다. 지친 시선을 의사에게 고정한 채 부인이 대답했다. "전 엘름허스트 17번지에 살아요. 남편은 2년 전에 죽었고 아홉 살짜리 딸아이는 기숙학교에 있고요. 점심을 먹고 오후에 잠깐 산책을 하러 나갔어요. 집에 돌아와 보니……."

의사가 말을 가로막았다. "좋습니다. 그다음은 이미 알고 있는 내용이군요. 산책한 후에 어떤 일이 일어났는지는 벌써 말씀하셨으니까요. 그 전 이야기를 해주시죠."

"점심을 먹었어요. 닭 요리와 사과 파이였고 그다음에 커피를 마셨죠. 식사 후에 2층 침실로 올라가 낮잠을 자려고 했어요. 몸이 별로 좋지 않아서요. 하지만 바깥 공기를 쐬는 게 낫겠다고 생각했죠."

말을 하자마자 부인은 후회했다. 의사가 날카로운 눈빛을 던지며 말했기 때문이다. "그렇군요! 몸이 별로 좋지 않으셨군요. 어디가 안 좋으셨나요?"

의사가 어떻게 나올지는 분명했다. 부인을 정신이상으로 몰아가려는 것이다. 두뇌에 무슨 병이 있고, 지금까지의 이야기는 모두 꾸며낸 것이라고 말이다.

부인은 재빨리 말을 바꾸었다. "아니, 많이 나쁜 건 아니었어요. 오전에 이것저것 일을 하다 보니 피곤했던 것뿐이에요. 침구를 정리하고 거실의 책상을 정돈했거든요. 시간이 걸리는 일들이죠."

"엘리스 부인, 사시는 댁 구조를 좀 설명해주시겠습니까? 예를 들어 침실이나 거실의 가구에 대해서요." 의사가 물었다.

"그거야 쉬운 일이죠. 하지만 절도범들이 오늘 오후에 침입해 도저히 복구 불가능할 정도로 엉망으로 만들어놨다는 걸 기억해주세요. 모든 것을 어딘가에 숨겨두었더군요. 방들은 쓰레기로 가득하고 위층 제 침실에는 젊은 여자가 사진사랍시고 앉아 있고요."

"아, 그건 일단 무시하십시오. 일단 가구에 대해 설명해주시죠. 가구들이 어떻게 놓여 있었나요?"

의사의 태도는 부인이 처음에 생각했던 것보다 훨씬 동정적이었다. 엘리스 부인은 각 방의 구조를 설명하기 시작했다. 장식품들, 그림들, 의자와 테이블의

위치를 상세히 알려주었다.

"하녀 이름이 그레이스 잭슨이라고요?"

"네. 벌써 몇 년 동안 저와 함께 지냈답니다. 오늘 오후에 제가 산책하러 나갈 때 그레이스는 지하층의 부엌에 있었어요. 나갔다 오겠다고 소리쳤을 때 분명 대답을 했어요. 정말 걱정돼요. 절도범들이 그레이스를 인질로 붙잡아 갈지도 몰라요. 납치할지도 모른다고요."

"저희가 알아보겠습니다. 지금까지 열심히 도와주셔서 고맙습니다. 정확하게 설명해주셨으니 집을 곧 찾아낼 수 있을 겁니다. 일단 오늘 밤은 여기서 쉬십시오. 알아본 결과는 내일 아침에 알려드릴 수 있을 겁니다. 따님이 기숙학교에 있다고요? 주소를 아시나요?"

"물론이죠. 전화번호도요. 하이클로즈라는 학교고 해치워스의 비숍 레인에 있어요. 전화번호는 해치워스 202고요. 하지만 제 집을 찾아내겠다니 무슨 말씀인지 모르겠군요."

"걱정하실 것 없습니다. 부인은 아프신 것도, 거짓말하시는 것도 아닙니다. 전 분명히 압니다. 다만 일시적인 기억상실을 일으키신 겁니다. 모두가 겪는 일이죠. 금방 지나갈 겁니다. 전에도 이런 일이 많았답니다." 의사가 미소 지으며 자리에서 일어나 가방을 챙겼다.

"하지만 그건 사실이 아니에요." 엘리스 부인이 일어나려고 애쓰며 말했다. "제 기억은 멀쩡해요. 모든 걸 상세히 말씀드렸잖아요. 제 이름, 제가 사는 곳, 집의 상세한 구조, 딸아이 학교 주소…….."

"맞습니다. 이제 걱정 말고 좀 주무시죠. 친구분을 찾아드리겠습니다."

의사는 여경에게 뭔가 중얼거린 후 떠났다. 여경이 침대로 다가와 담요를 덮어주었다.

"자, 기운 내세요. 의사 선생님 말씀대로 좀 주무세요. 쉬고 나면 다 좋아질 테니까요."

잠을 자라고……. 하지만 어떻게? 쉬라고……. 무엇을 위해서? 지금도 집은 속속들이 강탈당하는 중이 아닌가. 절도범들은 전리품을 챙긴 후 흔적도 남기지 않고 사라질 것이다. 그레이스도 데려가겠지. 그레이스가 경찰서로 와서 내 신분을 증명해주면 좋았는데. 옆집에 사는 퍼버 부부도 충분히 호의를 베풀어줄 것이다. 너무 귀찮은 일만 아니라면……. 엘리스 부인은 진작 옆집을 자주 방문해 함께 차도 마시고 친하게 지내야 했다고 생각했다. 하지만 시골도 아닌 도시에서 요즘에 그렇게 교제하는 사람은 없다. 경찰이 드레이콧 부인을 찾지 못한다면 퍼버 부부를 만나 보라고 해야지…….

엘리스 부인이 여경의 소매를 붙잡았다. "옆집, 그러니까 19번지의 퍼버 부부도 제 신분을 증명해줄 거예요. 친구는 아니지만 평소에 봐서 알고 있죠. 거의 6년 동안 이웃으로 지냈거든요."

"알겠습니다. 이제 좀 주무세요."

아, 수전, 우리 수전, 이런 일이 명절이나 휴가 때 일어나지 않은 게 천만다행이야. 그랬다면 어쩔 뻔했어? 오후 산책을 하고 돌아오니 집에 절도범들이 가득하다면. 그 괴상한 사진작가 여자와 남편이 우리 예쁜 수전을 보고 납치할 마음을 품었을 수도……. 최소한 아이는 안전하고 아직 아무것도 모른다. 신문에 실리지 않는다면 절대 모르겠지. 어처구니없는 오해와 무례한 대접을 받으며 감옥에서 하룻밤을 보내다니 이 얼마나 치욕스러운 일인지…….

“잘 주무셨군요.” 여경이 찻잔을 건네주며 말했다.

“무슨 말씀이죠? 난 자지 않았어요.” 부인이 대답했다.

“아니, 주무셨답니다. 모두들 자기는 안 잤다고 하지만요.”

엘리스 부인은 눈을 깜박거리며 좁은 침대에서 일어나 앉았다. 방금 전까지 여경과 이야기를 나누지 않았던가. 머리가 깨질 듯 아팠다. 부인은 맛없는 차를 마셨다. 자신의 침대가 그리웠다. 그레이스가 소리 없이 들어와 커튼을 내려주던 침실.

“이제 씻으시죠. 머리를 빗겨드릴게요. 그리고 다시 의사를 만나시면 됩니다.” 여경이 말했다.

엘리스 부인은 감시받으면서 세수를 하고 남의 손을 빌려 머리를 빗는 수모를 감당해냈다. 코트와 스카프까지 돌려받은 후 부인은 감방을 나서 복도를 지나 전날 밤에 질문을 받고 대답했던 방으로 돌아갔다. 다른 경찰이 책상 앞에 앉아 있었지만 어제 집에 왔던 경찰과 의사도 방 안에 있었다.

의사가 어제처럼 미소를 띠고 다가왔다. “오늘은 기분이 어떠신가요? 진짜 자기에게 조금 더 가까워지셨나요?”

“정반대랍니다. 기분이 몹시 좋지 않아요. 집에 무슨 일이 일어난 건지 알기 전까지는 계속 이럴 것 같군요. 지난밤 이후 어떤 상황인지 누가 말씀해주실 수 있나요? 제 재산을 보호하기 위한 조치가 취해졌나요?”

의사는 아무 대답도 하지 않고 부인을 책상 앞 의자에 앉게 했다. “자, 여기 이 경찰께서 신문에 실린 사진 한 장을 보여드리고 싶어 하시는군요.”

엘리스 부인이 의자에 앉았다. 경찰은 〈뉴스 오브 더 월드〉라는, 부인은 한 번도 본 적 없지만 그레이스가 일요일마다 읽곤 하는 신문을 건넸다. 스카프를 두르고 밝은 빛깔 코트를 입은 통통한 여자 사진이 실려 있었다. 그 아래쪽에는 ‘켄티시 타운, 앨버트 빌딩 105번지 집에서 실종된 36세의 과부 에이더 루이스를 찾습니다’라고 쓰여 있었다. 부인은 책상 너머로 신문을 되돌려주었다. “죄송하지만 전 도움이 안 될 것 같군요. 모르는 사람이거든요.”

“에이더 루이스라는 이름을 듣고 뭐 생각나시는 것 없습니까? 앨버트 빌딩이라는 주소는요?” 경찰이 물었다.

"아니요, 전혀 모르겠군요." 부인은 문득 왜 그런 질문을 하는지 알아차렸다. 경찰은 자기를 이 실종 여성 에이더 루이스라고 생각하는 것이다. 그저 밝은 빛깔 코트를 입고 스카프를 둘렀다는 이유로 말이다. 부인은 의자에서 벌떡 일어났다.

"정말 터무니없는 일이군요. 전 제 이름과 주소를 분명히 말씀드렸어요. 그런데도 당신들은 제 말을 믿지 않는군요. 절 여기 붙잡아두는 것도 말이 안 돼요. 변호사를 불러주세요. 제 변호사는⋯⋯." 아차, 윌프레드가 죽은 후로 변호사를 만난 적이 없었다. 변호사는 사무실을 옮겼거나 아니면 아예 다른 사람한테 사무실을 넘겼을지도 모른다. 이름은 말하지 않는 편이 좋겠어. 잘못되면 또다시 거짓말을 한다고 생각할 테니. 은행원 이름을 대는 편이 안전해⋯⋯.

"잠깐만요." 경찰이 부인 말을 가로막았다. 누가 방 안으로 들어온 것이다. 낡아빠진 체크무늬 양복에 중절모를 손에 든 지저분한 남자였다. "이분이 여동생 에이더 루이스인가요?" 경찰이 남자에게 물었다.

남자가 앞으로 걸어 나와 자기 얼굴을 뜯어보자 엘

리스 부인은 분노로 몸을 떨었다.

"아닙니다. 에이더가 아닙니다. 에이더는 이 정도로 통통하지 않습니다. 또 에이더는 틀니인데 이쪽은 아니군요. 처음 보는 여자입니다." 남자가 말했다.

"고맙습니다. 이만 가보셔도 됩니다. 동생분을 찾으면 다시 연락드리겠습니다." 경찰이 말했다.

지저분한 남자가 방을 나섰다. 엘리스 부인이 그것 보라는 표정으로 책상 앞 경찰을 바라보았다. "자, 이제 제 말을 믿으시겠어요?"

경찰이 잠시 부인을 바라보더니 이어 의사를 쳐다보았다. 그리고 뭔가 메모를 했다. "부인을 믿을 수 있다면 저도 좋겠습니다. 온갖 문제에서 해방될 수 있을 테니까요. 한데 그럴 수가 없군요. 말씀하신 점들 중에 뭐 하나 맞는 것이 없어서요. 아직까지는요."

"그게 무슨 말씀이시죠?"

"첫째, 부인 주소가 그렇습니다. 부인께서는 엘름허스트 17번지에 살고 계시지 않습니다. 그 집은 여러 세입자들이 들어가 사는 곳입니다. 층층마다 다른 사람들이 세 들어 있죠. 부인께서는 그곳의 세입자가 아닙니다."

엘리스 부인이 의자 손잡이를 움켜쥐었다. 경찰은 표정 없는 딱딱한 얼굴로 부인을 바라보았다. 부인이 조용히 말했다. "잘못 아신 거예요. 17번지는 셋집이 아니에요. 제 개인주택이라니까요."

경찰이 다시 메모를 보았다. "19번지에는 퍼버 가족이 살고 있지 않습니다. 이 역시 셋집이군요. 당신 이름이라고 하는 엘리스는 전화번호부에 나오지 않습니다. 또 지난밤에 말씀하신 은행 지점 고객 명부에도 엘리스라는 이름은 없습니다. 또한 이 지역 어디에서도 그레이스 잭슨이라는 사람을 찾을 수 없었습니다."

엘리스 부인의 시선이 의사, 경찰, 여전히 곁에 서 있는 여경 사이를 오갔다. "무슨 음모라도 있는 건가요? 나한테 다들 왜 이러시죠? 대체 무슨 일인지 영문을 모르겠군요……." 목소리가 흔들렸다. 여기서 무너지면 안 돼. 마음을 굳게 먹어야 한다. 수전을 위해서라도 용기를 내. "찰턴 코트의 제 친구에게는 전화해보셨나요? 주택단지에 사는 드레이콧 부인 말이에요."

"드레이콧 부인은 찰턴 코트에 사시지 않습니다.

찰턴 코트라는 곳 자체가 이제 없습니다. 공습으로 무너졌거든요.”

엘리스 부인은 경악한 표정으로 경찰을 바라보았다. 공습이라고? 이 무슨 끔찍한 소리지! 언제? 어떻게? 하룻밤 사이에? 재앙에 재앙이 겹치는군……. 대체 누가 그런 짓을 했을까? 무정부주의자? 파업노동자? 실업자? 갱단? 어쩌면 지난밤에 내 집에 들어왔던 절도단이? 드레이콧 부부와 아이들은 불쌍해서 어쩐단 말인가. 엘리스 부인의 머릿속이 복잡했다…….

부인이 정신을 수습하고 말했다. “용서하세요. 그렇게 무서운 일이 일어났는지는 몰랐어요. 아마도 제 집에 들어온 사람들이 저지른 일…….”

순간 부인은 입을 다물었다. 거짓말일지 모른다는 생각이 들었던 것이다. 모든 것이 거짓이다. 이 사람들은 경찰이 아니다. 건물을 탈취한 스파이들이다. 아니면 정부가 전복되었는지도 모른다. 그렇다면 왜 나를, 평범한 시민이자 누구한테도 피해를 입히지 않았던 나를 괴롭히는 걸까? 기관총을 들고 시가전을 벌이며 버킹엄궁전으로 행진해 가야지, 왜 여기 내 앞에서 이런 연극을 한단 말인가?

다른 경찰이 방으로 들어와 구둣발 소리를 내며 책상 앞으로 다가갔다. "반경 7킬로미터 이내의 모든 요양원과 정신병원을 조사했지만 실종자는 없다고 합니다."

"수고했어." 책상 앞 경찰이 대답하더니 부인 쪽은 보지도 않고 의사에게 말했다. "여기 계속 있게 할 수는 없습니다. 모어턴 힐 쪽으로 좀 연결을 해주시죠. 일시적인 조치라고 설명하고 간곡히 부탁하시면 될 겁니다. 기억상실증이라고 하시고요."

"해보겠습니다." 의사가 대답했다.

모어턴 힐이라고. 그게 뭔지는 엘리스 부인도 잘 알고 있었다. 하이게이트 근처 정신병원으로, 환자들을 험악하게 다루기로 유명한 곳이었다.

"모어턴 힐에 절 집어넣겠다고요? 그 끔찍한 곳에, 간호사들도 못 견디고 떠나는 곳에요? 전 안 가겠어요. 변호사를 만나게 해주세요. 아니, 제 담당 의사인 고드버 선생을 불러주세요. 파크웰 가든스에 사는 분이에요."

경찰이 골똘히 생각에 잠겨 부인을 바라보았다. "이 지역 사람은 틀림없으시군요. 늘 제대로 지명과 인명을 대시니까요. 하지만 고드버 선생은 포츠머스로 옮겨 가셨습니다. 저도 고드버 선생을 기억해요.”

“포츠머스로 가셨다면 며칠 전 일일 거예요. 그 누구보다 성실한 의사 선생님이시죠. 선생님이 안 계시다면 비서가 절 알 거예요. 지난 방학 때도 수전을 데려갔거든요.”

하지만 아무도 부인 말을 듣지 않았다. 경찰은 다시 메모를 보는 중이었다. “다음으로 학교 이름도 정확히 대셨습니다. 전화번호는 틀렸지만요. 남녀공학이더군요. 지난밤에 통화를 했습니다.”

“죄송하지만 엉뚱한 학교와 연락하신 것 같네요. 하이클로즈는 남녀공학이 아니에요. 그랬다면 제가 수전을 보냈을 리가 없죠.”

“하이클로즈는 포스터 부부가 운영하는 남녀공학입니다.” 경찰관이 메모를 보며 읽었다.

“슬레이터 여사가 운영하는 학교예요. 힐다 슬레이터요.”

“슬레이터 여사가 과거에 운영했다는 의미시겠죠. 슬레이터 여사는 은퇴하면서 포스터 부부에게 운영권을 넘겼습니다. 그리고 지금 그곳에 수전 엘리스라는 학생은 없습니다."

엘리스 부인은 의자에서 꼼짝하지 않고 모두의 얼굴을 번갈아 쳐다보기만 했다. 누구도 공격적이거나 적대적이지 않았다. 여경은 기운을 내라는 듯 미소를 보여주었다. 모두들 부인을 뚫어지게 바라보기만 했다. 마침내 부인이 입을 열었다. "지금 모두들 의도적으로 저를 속이시는 건가요? 도대체 무슨 일이 일어나고 있는지 제가 절박하게 알고 싶어 한다는 걸 모르시겠어요? 지금 무슨 게임이나 고문을 하는 거라면 제가 알아들을 수 있도록 설명을 좀 해주세요."

의사가 부인 손을 잡았고, 경찰이 상체를 책상 쪽으로 굽혔다. "부인을 도와드리려 하고 있습니다. 아는 분을 찾기 위해 최선을 다하고 있는 겁니다." 의사가 말했다.

엘리스 부인이 의사 손을 꼭 잡았다. 그 손이 피난처라도 되는 듯 느껴졌다. "대체 무슨 일인지 모르겠어요. 기억상실이라면 왜 모든 것이 이렇게 분명히 생각나는 걸까요? 이름, 주소, 아는 사람들, 학교까지…… . 수전은 어디 있나요? 제 딸 수전은?"

누군가가 부인의 어깨를 두드려주었다. 또 다른 누

군가는 물 한 컵을 가져왔다.

"슬레이터 여사가 학교를 포스터 부부에게 넘겼다면 제가 그 사실을 알고 있어야 해요. 저한테 이야기를 했을 거라고요. 바로 어제 학교에 전화를 했는걸요. 수전은 잘 있다고, 운동장에서 놀고 있다고 했어요." 부인이 중얼거렸다.

"슬레이터 여사와 직접 통화를 하신 건가요?" 경찰이 물었다.

"아뇨, 비서가 받았죠. 전 어쩐지 수전에게 안 좋은 일이 생긴 것 같다는 예감에 전화를 했어요. 비서는 아이가 점심을 잘 먹고 놀고 있다고 안심시키더군요. 꾸며낸 얘기가 아니에요. 바로 어제 일이라니까요. 슬레이터 여사가 은퇴할 생각이라면 비서가 제게 이야기를 하지 않았겠어요?"

엘리스 부인은 주변의 의혹 어린 시선들을 마주 보았다. 그러다가 순간적으로 책상 위 달력의 커다란 2라는 숫자에 눈길이 머물렀다.

"분명 어제 일이었어요. 오늘이 2일 맞잖아요? 달력을 한 장 떼어냈던 일이 분명히 생각나요. 한 달이 시작되는 첫날이어서 오전 중에 책상도 청소하고 서

류들도 정리했던 거예요.”

경찰이 긴장을 풀며 미소를 지었다. “부인 말씀은 확실히 설득력이 있습니다. 그리고 가진 돈이 전혀 없고 구두가 깨끗한 것으로 보아 근처에 사시는 분이라는 것도 분명합니다. 멀리서 헤매다 오신 게 아니라는 뜻이죠. 하지만 부인이 엘름허스트 17번지에 사는 게 아니라는 점 또한 분명합니다. 어떤 이유에선지 그 주소가 부인 마음속에 박혀버렸을 겁니다. 부인께서 맑은 정신을 되찾으실 수 있도록 최선을 다하겠습니다. 그러니 모어턴 힐로 가시는 걸 두려워하실 필요 없습니다. 그곳 사람들이 잘 보살펴줄 겁니다.”

엘리스 부인은 벌판 건너편 연못 위로 보이던 높은 회색빛 담장을 떠올리면서 그 안에 자신이 갇혀버리는 광경을 상상했다. 그 근처를 지나갈 때마다 안에 갇힌 사람들을 얼마나 불쌍하게 여겼던가. 언젠가 그레이스는 직접 식료품을 사는 남자 이야기를 하면서 이렇게 말했었다. “그 사람 마누라가 정신이 돌아 모어턴 힐로 끌려갔다지 뭐예요.” 일단 들어가면 다시는 나올 수 없을 것이다. 경찰은 더 이상 나한테 관심을 갖지 않을 것이다. 게다가 포스터 부부가 학교를

맡았다느니, 수전이라는 학생이 없다느니 하는 소리
는 다 뭘까.

엘리스 부인은 몸을 앞으로 숙이고 두 손을 모았다.
"전 여러분을 괴롭힐 생각이 전혀 없어요. 전 늘 조용
하고 평화롭게 살아왔어요. 쉽게 흥분하거나 누구와
다투는 편이 아니죠. 제가 일시적으로 기억을 잃어버
린 거라면 의사 선생님 말씀대로 약도 먹고 치료도
받겠어요. 하지만 슬레이터 여사가 은퇴하셨다는 말
을 들으니 제 딸이 걱정돼서 죽겠어요. 하나만 좀 부
탁을 드려도 될까요? 학교로 전화를 걸어 슬레이터
여사 연락처를 알아봐주세요. 근처에서 학생들 몇 명
만 데리고 살고 계실지도 모르잖아요? 수전이 그중
하나일 테고요. 전화하셨을 때 받은 사람이 신참이어
서 제대로 대답을 못해준 것일 수도 있잖아요."

흥분이나 발작의 기미가 전혀 없는 차분한 목소리
였고, 모두들 부인의 절박한 심정을 알아차릴 수 있
었다.

경찰이 의사를 흘깃 보더니 마음을 정했다는 듯 입
을 열었다. "잘 알겠습니다. 슬레이터 여사와 연락을
취해보죠. 하지만 시간이 좀 걸릴 것 같으니 그동안

다른 방에서 기다리시는 게 좋겠습니다."

엘리스 부인이 여경의 부축을 받지 않고 자리에서 일어섰다. 자신이 신체적으로나 정신적으로나 괜찮다는 것, 남의 도움 없이도 일 처리를 할 수 있다는 것을 보여주기로 작정한 것이다. 스카프가 아니라 제대로 모자를 쓰고 핸드백도 들고 집을 나섰어야 했다는 생각이 들었다. 다행히 장갑은 끼고 있었지만 그것만으로는 충분치 않았다. 부인은 경찰과 의사에게 가볍게 고개를 끄덕여 인사한 후 여경을 따라 대기실로 갔다. 그렇게 살풍경한 방은 아니었다. 또다시 차 한 잔이 건네졌다.

'늘 이런 식이군. 일을 시작하기 전에 먼저 차부터 한잔 마셔야 하나봐.' 부인이 생각했다.

갑자기 네타 드레이콧 부인이 당했다는 끔찍한 참사가 떠올랐다. 그 가족은 아마 무사히 도망쳐 친구 집에 가 있겠지. 하지만 당장은 찾을 수 없게 되어버린 셈이다. "조간신문은 온통 그 끔찍한 사고 얘기뿐이겠군요?" 부인이 여경에게 물었다.

"무슨 사고 말씀이죠?"

"찰턴 코트에 화재가 났다고 아까 경찰이 그랬잖

아요."

여경이 눈을 동그랗게 뜨고 부인을 쳐다보았다. "저는 화재 이야기는 듣지 못한 것 같은데요."

"아니, 분명히 말했죠. 찰턴 코트가 무슨 폭탄인지 때문에 불이 나서 무너졌다고요. 거기 친구가 살고 있어서 깜짝 놀랐어요. 당연히 그 일 관련 기사가 조간신문에 실리지 않았겠어요?"

"아, 그거요." 여경의 얼굴이 밝아졌다. "경찰관님은 전쟁 중의 공습과 화재를 말씀하신 거랍니다."

"아니, 아니죠." 엘리스 부인이 초조하게 받아쳤다. "찰턴 코트는 전쟁이 끝나고 한참 후에 지어졌는걸요. 남편이랑 처음 햄스테드에 왔을 때 짓고 있는 모습을 봤어요. 그러니까 그 사고는 지난밤에 일어난 거죠."

여경이 어깨를 으쓱해 보였다. "뭔가 착각하신 모양이네요. 어떻든 신문에는 아무런 사고 소식도 없습니다."

이 바보 같은, 말귀도 못 알아듣는 아이 같으니라고. 이런 애가 어떻게 경찰 시험을 통과한 거지? 똑똑한 여자들만 경찰이 된다고 생각했는데. 부인은 조용히 차를 마셨다. 여경과 더 이상 대화를 나눠봤자 소용없을 터였다. 한참을 기다렸다는 생각이 들었을 때 드디어 문이 열리고 의사가 문간에 나타나 미소를 지었다.

"자, 이제 조금씩 실마리가 잡히는군요. 슬레이터 여사와 연락이 닿았습니다."

엘리스 부인이 눈을 빛내며 벌떡 일어섰다. "아, 고마워라. 제 딸 소식도 있나요?"

"진정하십시오. 흥분하지 마세요. 잘못하면 또다시 어젯밤의 일을 반복해야 할지 모릅니다. 자, 따님 이름이 수전 엘리스가 맞습니까?"

"네, 네, 맞아요." 엘리스 부인이 재빨리 대답했다. "수전은 괜찮은가요? 지금 슬레이터 여사와 함께 있나요?"

"아니요, 슬레이터 여사와 함께 있진 않지만 괜찮은 것은 확실합니다. 제가 슬레이터 여사와 직접 통화를 했고 현재 살고 계신 주소도 받아 적었습니다." 의사가 윗주머니를 두드리며 다시 미소 지었다.

"제 딸이 슬레이터 여사와 함께 있는 게 아니라고요? 학교는 이미 다른 사람들이 운영하고 있다는데, 학교가 이사를 간 건가요? 대체 무슨 일이 일어난 거죠?" 엘리스 부인이 어리둥절해했다.

의사가 부인의 손을 잡고 의자에 앉혔다. "자, 침착하게 찬찬히 생각을 해보십시오. 절대 흥분하지 마시고요. 그러면 문제가 해결되고 모든 것이 분명해질 겁니다. 지난밤에 하녀인 그레이스 잭슨 이야기를 하셨죠?"

"네, 선생님."

"자, 시간을 좀 드리겠습니다. 그레이스 잭슨에 대해 설명을 좀 해주십시오."

"그레이스를 찾으셨나요? 집에 있던가요? 괜찮은가요?"

"그런 생각은 잠깐 접어두시고요, 그레이스 잭슨에 대해 설명을 해보세요."

엘리스 부인은 혹시 그레이스가 사체로 발견되어 신원 확인을 하려는 건가 싶어 소름이 끼쳤다. "체격이 큰 편이에요. 나이는 저랑 비슷하죠. 가슴이 크고 발목도 굵은 편이에요. 머리카락은 갈색이고 눈은 회색이고요. 옷차림은, 글쎄요, 아마 절도범들이 들어왔을 때에도 앞치마에 머릿수건을 쓰고 있었을 거라고 생각해요. 오후 늦게야 옷을 갈아입거든요. 저도 몇 번이나 잔소리를 했죠. 앞치마 차림으로 현관문을 여는 건 게으르고 지저분해 보인다고요. 치아가 좋고 표정이 밝아요. 하지만 뭔가 일이 벌어졌다면 표정도……." 엘리스 부인이 말을 멈췄다. 살해당했다면 웃는 표정일 리는 없을 것이다.

의사는 그 점에는 신경 쓰지 않는 것 같았다. 그는 주의 깊게 엘리스 부인을 살펴보았다. "지금 말씀하신 인상착의가 부인과 정확히 일치한다는 걸 아시겠습니까?"

"저하고요?"

"네. 체격, 머리카락과 눈 색깔 등등 모든 면에서요. 저희는 부인께서 기억상실로 자기가 누군지 잊어버렸고, 스스로를 엘리스 부인이라고 믿는 그레이스 잭슨이 아닐까 생각하고 있습니다. 그리고 그레이스 잭슨의 친척을 백방으로 찾는 중이고요."

이건 도를 넘은 발언이었다. 엘리스 부인은 침을 꿀꺽 삼켰다. 분노가 치솟았다. "선생님, 말씀이 지나치십니다. 전 제 하녀 그레이스 잭슨과 조금도 닮은 점이 없어요. 그레이스가 여기 온다면 아마 똑같은 말을 할 거예요. 그레이스는 7년 동안 저를 위해 일했어요. 본래는 스코틀랜드 출신이라 부모가 다 스코틀랜드인이죠. 명절이 되면 애버딘으로 가곤 했어요. 열심히 일하는 정직한 하녀이고 가끔은 저와 부딪칠 때도 있었지만, 그건 서로가 고집을 꺾지 않았기 때문일 뿐 심각한 문제는 아니었어요. 하지만…….”

부인은 의사가 다 안다는 표정으로 저렇게 미소 짓지 않으면 좋겠다고 생각했다.

“거보십시오. 그레이스 잭슨에 대해 너무도 잘 알고 계시지 않습니까?”

엘리스 부인은 의사를 한 대 때릴 수도 있었으리라. 부인이 바로 그레이스 잭슨이라고 철두철미하게 확신하는 모습이었기 때문이다. ‘참아야 해. 흥분해선 절대 안 돼.’ 부인은 생각했다. 그리고 큰 소리로 말했다. “그거야 7년 동안이나 하녀로 데리고 있었기 때문이죠. 그레이스가 어딜 다쳤다거나 하는 상태로 발견되면 경찰에게 책임을 묻겠어요. 제가 분명히 요청했는데도 어젯밤에 제 집을 제대로 지키지 않았으니까요. 그나마 제 딸아이는 찾아주셨다니 다행입니다. 적어도 딸은 제 신분을 증명해주겠죠.”

엘리스 부인은 스스로가 아주 침착하고 자제력이

있다고 생각했다. 그런 어처구니없는 소리를 듣고도 잘 참아낸 것이다.

"부인 나이가 서른다섯이라고 하셨죠? 그레이스 잭슨도 그 정도라고요?" 의사가 화제를 돌렸다.

"전 지난 8월에 서른다섯이 되었어요. 그레이스는 아마 저보다 한 살 정도 어릴 거예요."

"확실히 부인은 그보다 나이 들어 보이지는 않으십니다." 의사가 미소를 지었다.

아니 이런 상황에서 웬 난데없는 칭찬이람?

"하지만 조금 전 제가 통화한 내용으로 미뤄 보면 지금 그레이스 잭슨은 최소한 쉰다섯이나 쉰여섯은 됩니다."

"하녀로 일하는 그레이스 잭슨이라는 사람은 여러 명이겠죠. 하나씩 탐문하시려면 시간이 좀 걸리겠군요. 그건 그렇고 전 제 딸 수전이 어디 있는지, 잘 있는지가 제일 궁금해요."

의사의 태도가 누그러졌다. 부인은 그의 눈빛에서 그걸 알 수 있었다. "사실은 말입니다, 다행스럽게도 수전 양이 오늘 만날 수 있다고 하셨습니다. 전화 통화가 되었는데 여기서 가까운 세인트존스 우드에 있다는군요. 확신할 수는 없지만 직접 보면 그레이스 잭슨을 기억할 수 있을 것 같다고도 하더군요."

잠시 엘리스 부인은 할 말을 잃었다. 수전이 세인 트존스 우드에서 대체 뭘 한다는 거지? 아이한테 전화를 받게 하고 그레이스에 대해 묻다니 무슨 난폭한 행동인가? 게다가 그레이스를 '기억할 수 있을 것 같다'니? 겨우 두 달 전에 학교로 떠나는 수전을 배웅해 준 그레이스를?

갑자기 동물원 생각이 났다. 학교에 이렇게 급작스 러운 변화들이 여럿 일어난 상황에서 젊은 여선생이 아이들을 데리고 동물원이라도 간 모양이군.

"수전이 어디서 전화했는지 아시나요? 그러니까 제 말은, 누가 제대로 보살펴주고 있는 상황인가요?" 엘리스 부인이 급히 물었다.

"핼리팩스거리 2a라고 하더군요. 누구의 보살핌 을 필요로 하는 것 같지는 않았습니다. 충분히 자립 적으로 보였고, 게다가 키스라는 어린 꼬마에게 조 용히 하라고 외치는 소리도 전화기 너머로 들리더군 요." 엘리스 부인 입가에 미소가 떠올랐다. 역시 우리 수전은 얼마나 똑똑한지. 정말 수전다워. 늘 또래보다

어른스러웠지. 하지만 꼬마라니……. 정말로 학교가 갑자기 남녀공학이라도 된 것일까. 그래서 남녀 학생이 다 함께 동물원에 가게 된 것일까. 동물원 근처 핼리팩스거리에 슬레이터 여사나 포스터라는 부부의 친척이라도 있어 점심을 먹는 모양이군. 그렇지만 아이들이 학교를 떠나 동물원에 갔는데, 어쩜 부모들한테 전혀 알리지 않은 걸까. 학교 측에 강하게 항의하는 편지를 써야겠어. 학교 운영자가 바뀌고 게다가 남녀공학이 되었다면 학기 말에 당장 수전을 전학시켜야겠군.

"선생님, 전 당장에라도 핼리팩스거리로 가고 싶어요. 경찰이 허락만 한다면요."

"좋습니다. 저는 함께 가지 못할 상황이라 죄송합니다만, 상황을 다 아는 헨더슨 수녀님이 동행하시기로 했습니다."

의사가 여경에게 고개를 끄덕여 보였다. 여경이 문을 열자 수녀복을 입은 중년 여인이 들어왔다. 엘리스 부인은 아무 말 없이 입술을 굳게 다물었다. 헨더슨 수녀라는 사람은 분명 모어턴 힐에서 나왔을 것이다.

"자, 수녀님, 바로 이분입니다. 어디로 모셔 가서 어

떻게 해야 하는지 잘 아시겠죠. 아마 핼리팩스거리에
서 볼일은 몇 분 안 걸릴 겁니다. 그다음 일도 잘 부탁
드립니다." 의사가 명랑한 목소리로 말했다.

"알겠습니다." 수녀는 대답하며 전문가다운 눈길로
엘리스 부인을 살펴보았다.

엘리스 부인은 생각했다. '모자를 썼더라면, 이 보
기 싫은 스카프 말고 다른 걸 쓰고 나왔더라면 좋았
을걸. 헝클어진 머리카락에 화장도 제대로 안 한 꼴
이라니. 남들 눈에 얼마나 단정치 못하고 볼썽사납
겠어……'

부인은 어깨를 활짝 폈다. 그러고는 주머니에 손을
집어넣고 싶은 마음을 억누르고 곧은 걸음으로 열린
문을 향했다. 의사, 수녀, 그리고 여경이 부인을 안내
해 차에 태웠다. 제복을 입은 운전수가 모는 차였다.
먼저 부인이 타고 다음으로 수녀가 탔다.

하룻밤 신세 진 비용을 치러야 하나, 하는 생각이
퍼뜩 떠올랐다. 차도 몇 잔 마셨는데 여경한테 팁을
줘야 하는 건가? 어떻든 지금은 수중에 돈이 한 푼도
없으니 불가능한 일이었다. 부인은 여경에게 밝은 표
정으로 고개를 끄덕여 보였다. 의사에게는 마음이 덜

내켜 차갑게 고개 숙여 인사를 했다. 차가 출발했다.

엘리스 부인은 옆에 버티고 앉은 수녀와 이야기를 나눠야 하는 건가 싶어 잠시 망설였다. 아니, 안 그러는 게 좋겠어. 무슨 말을 하든 정신 질환의 증거로 받아들여질 것 같았다. 부인은 장갑을 깔끔하게 포개 무릎 위에 놓고 앞만 바라보았다. 지금껏 본 적 없을 정도로 교통 정체가 심했다. 자동차 박람회라도 있는 모양이군. 길거리에는 미국 차들이 무수히 많았다. 무슨 경주 대회라도 열리는 걸까.

도착할 때까지 부인은 핼리팩스거리에 대해 별생각을 하지 못했다. 허름한 집들이 늘어선 거리였다. 유리창이 깨진 창문도 많이 보였다. 차는 기둥에 2a라고 쓰인 작은 집 앞에 멈췄다. 아이들이 모여 점심을 먹기에는 적당하지 않은 장소군. 멋진 카페가 훨씬 좋았을 텐데.

수녀가 차에서 내려 엘리스 부인이 내리는 것을 도와주었다. "오래 걸리지 않을 거예요." 수녀가 운전수에게 말했다.

'그거야 당신 생각이지. 난 원하는 만큼 충분히 오랫동안 수전과 함께 있을 거야.' 엘리스 부인이 생각했다.

두 사람은 작은 앞마당을 지나 현관문으로 걸어갔다. 수녀가 초인종을 눌렀다. 거실 쪽 유리창에서 얼굴 하나가 밖을 내다보다가 바로 커튼 뒤로 사라지는 것이 보였다. 맙소사, 저건 윌프레드의 여동생 도러시 잖아. 버밍엄에서 학교 선생을 하고 있는 시누이……. 모든 것이 분명해졌다. 포스터 부부는 도러시와 아는 사이인 것이다. 교편을 잡은 사람들은 서로 알게 마련이니. 하지만 이 얼마나 불편한 상황인가. 엘리스 부인과 도러시는 제대로 연락조차 하지 않는 사이였다. 남편이 죽었을 때 시누이가 책상은 자기 것이라는 둥, 좋은 보석은 엄마가 새언니한테 준 것들이 분명할 거라는 둥 몹시 기분 나쁘게 굴었기 때문이다. 장례식 다음 날 오후 내내 그렇게 불쾌한 언쟁이 오갔다. 그래서 도러시가 보석과 책상은 물론 자기와는 아무 상관 없는 고급 카펫까지 챙겨서 떠났을 때, 부인은 떠나주는 것이 그저 고마울 정도였다. 도러시는 두 번 다시 만나고 싶지 않은 사람이었다. 게다가 수녀를 대동하고, 모자나 가방도 없는 단정치 못한 모습인 이런 상황에서는 더욱 만나고 싶지 않았다.

하지만 곧바로 현관문이 열리는 바람에 어떻게 해

볼 도리가 없었다. 아, 아니군, 도러시가 아니야. 하지만 참 이상해. 어쩌면 저렇게 비슷할까. 코 생김새와 약간 짜증스러운 표정까지도. 키가 약간 더 크고 머리카락 색깔이 약간 더 밝을 뿐이야. 정말 놀랄 정도로 닮은 사람인걸.

"드루 부인이신가요?" 수녀가 물었다.

"네." 젊은 여자가 대답했다. 집 안쪽에서 아이가 불렀는지 여자가 어깨 너머로 뒤돌아보며 재빨리 외쳤다. "조용히 해, 키스. 잠깐이라도 말 좀 들어!"

바퀴 달린 장난감을 질질 끌면서 다섯 살쯤 되어 보이는 사내아이가 현관 쪽으로 걸어 나왔다. '귀여운 꼬마군.' 엘리스 부인은 생각했다. '엄마를 퍽도 괴롭히겠어. 근데 아이들은 다 어디 있는 거지? 수전은 어디 있고.'

"확인해주셨으면 하는 분이 바로 이분입니다." 수녀가 말했다.

"안으로 들어오시는 게 좋겠어요." 드루 부인이 망설이는 투로 권했다. "집 안이 엉망이어서 죄송해요. 도와주는 사람 없이 아이를 키우다 보니 이렇군요."

불안과 긴장이 높아지기 시작한 엘리스 부인은 문

간에 놓인 고장 난 장난감을 밟을 뻔하면서 안으로 들어섰다. 거실인 듯싶은 공간은 그야말로 난장판이었다. 아침 식사를 한 상이 아직 치워지지 않았고(어쩌면 점심 식사인지도 몰랐다) 사방에 장난감이 놓였으며 창가 탁자에는 천 조각이 흩어져 있었다.

드루 부인이 겸연쩍게 웃었다. "키스 장난감이랑 제가 재봉일 하는 재료예요. 저녁때 남편이 집에 오면 밥을 또 차려야 할 텐데……. 하기야 원래 사는 게 다 그렇죠." 목소리조차 도러시와 똑같았다. 엘리스 부인은 드루 부인에게서 시선을 떼지 못했다. 불평하는 어조까지 꼭 닮아 있었다.

"시간을 많이 뺏고 싶진 않습니다. 이분이 그레이스 잭슨인지 아닌지만 말해주시면 됩니다." 수녀가 정중하게 말했다.

드루 부인이 엘리스 부인을 유심히 살펴보더니 말했다. "아니요, 그레이스가 아니에요. 몇 년 동안, 그러니까 결혼한 이후로는 그레이스를 보지 못했지만, 그전에는 햄스테드에서 가끔 만났죠. 그레이스는 이분과는 전혀 다르게 생겼어요. 더 체격이 크고 피부가 검고 나이도 많죠."

“고맙습니다. 그럼 이분과는 전에 만나신 적이 없으신 건가요?”

“네, 없어요.” 드루 부인이 대답했다.

“잘 알겠습니다. 그럼 더는 귀찮게 할 필요가 없군요.”

수녀는 이제 가자는 듯 몸을 돌렸다. 하지만 엘리스 부인은 영문을 알 수 없는 놀음에 그냥 넘어가지 않았다.

엘리스 부인이 드루 부인에게 말했다. “죄송합니다만, 뭔가 이것저것 오해가 많은 듯하지만, 어떻든 오늘 아침 햄스테드 경찰서의 의사가 이곳에 계신 분과 통화한 것으로 압니다. 하이클로즈 학교 학생들이 여기 있다면서요? 그중에 우리 아이도 있을 거예요. 아직도 학생들이 머물고 있나요? 학생들을 인솔한 사람은 어디 있죠?”

수녀가 참견하려 했지만, 드루 부인은 어린 아들이 또다시 장난감을 끌고 방으로 들어오는 바람에 수녀에게 신경을 쓰지 못했다. “키스, 바깥에서 놀라고 했지!”

엘리스 부인이 꼬마에게 미소를 지어 보였다. 워낙

아이들을 좋아했던 것이다. "정말 귀여운 아이구나." 부인이 아이에게 손을 내밀었다. 아이는 그 손을 꼭 쥐었다.

"보통은 처음 보는 사람한테 곁을 안 줘요. 많이 수줍어해서요. 가끔은 말을 안 하고 고개만 흔드는 통에 제가 아주 미친답니다." 드루 부인이 아이의 반응에 신기해하며 이렇게 말했다.

"저도 어릴 때 수줍음을 많이 탔어요. 그래서 그 마음을 알죠." 엘리스 부인이 말했다.

키스는 신뢰하는 눈빛으로 엘리스 부인을 올려다보았다. 부인의 마음이 따뜻해졌다. 하지만 그렇다고 수전을 잊어버릴 수는 없었다. "하이클로즈 학생들에 대해 이야기하던 중이었죠."

드루 부인이 말했다. "네. 그 경찰이 뭔가 멍청한 실수를 저지른 모양이에요. 결혼하기 전에 제 이름이 수전 엘리스였어요. 하이클로즈 기숙학교에 다녔고요. 거기서 착오가 생긴 모양이에요. 여기 그 학교 학생들은 없어요."

"이 무슨 기막힌 우연의 일치일까요." 엘리스 부인이 미소 지으며 말했다. "제 이름도 엘리스거든요. 제 딸은 수전이고요. 더군다나 당신은 제 죽은 남편의 여동생과 꼭 닮았어요."

"그래요? 하지만 워낙 흔한 이름이잖아요. 저 아랫길 고깃간 주인도 엘리스랍니다."

엘리스 부인의 얼굴이 붉어졌다. 썩 재치 있는 대답은 아니지 않는가. 수녀가 다가와 금방이라도 팔을 잡고 끌어낼 것처럼 몸을 굽히자 부인은 한층 더 신경이 날카로워졌다. 부인은 이 집을 떠나지 않기로 결심했다. 어떻든 저 수녀와 같이 떠나지는 않을 작정이었다.

"하이클로즈는 가정처럼 따뜻한 학교라고 늘 생각했답니다. 최근 여러 변화가 있었다는 걸 알고 놀랐어요. 좀 있다가는 완전히 다른 학교가 돼버릴 것 같아요." 엘리스 부인이 빠르게 말했다.

"그렇게 많이 변하지는 않은 것 같은데요." 드루 부인이 말을 받았다. "어린아이들은 다들 작은 괴물이죠. 부모와 너무 오래 함께 지내지 않도록 하는 것, 그리고 여러 유형과 섞여 잘 어울리도록 하는 것이 꼭 필요해요."

"전 그 말씀에는 동의할 수 없군요." 엘리스 부인이

반박했다. 저 말투, 저 표정은 정말로 도러시와 판박이였다.

"물론 전 슬레이터 여사에게 감사하지 않을 수 없는 입장이랍니다. 나이가 많으시긴 해도 마음은 비단결 같으세요. 저한테는 최선을 다해주셨고요. 어머니가 교통사고로 돌아가신 후에는 방학 때마다 절 보살펴주셨죠."

"가슴 아픈 일을 겪으셨군요. 그래도 슬레이터 여사가 보살펴주셨다니 다행입니다."

"네. 꽤 힘들었죠. 그래서 그때 일은 기억하지 않으려 해요. 어머니가 아주 다정하고 아름다운 분이셨다는 건 기억하죠. 키스는 어머니를 닮은 것 같아요."

꼬마는 엘리스 부인의 손을 놓으려 하지 않았다.

"자, 이제 가야 할 시간이에요. 드루 부인, 여러모로 도와주셔서 고맙습니다." 수녀가 말했다.

"전 가고 싶지 않아요. 그리고 당신한텐 날 끌고 갈 권리가 없어요." 엘리스 부인이 조용히 말했다.

수녀가 드루 부인과 눈짓을 주고받았다. "미안합니다만, 운전수를 불러와야겠어요. 처음부터 간호사를 동행시켜달라고 했는데 그렇게 안 해주더라고요." 수녀가 낮은 목소리로 속삭였다.

"괜찮아요. 요즘 정신병자가 어디 한둘인가요. 우선 전 키스를 부엌으로 데려가야겠어요. 혹시 납치할 마음을 품을지도 모르잖아요."

키스는 싫다고 몸을 비틀면서 끌려갔다.

다시 한 번 수녀가 엘리스 부인을 바라보았다. "이제 가시죠. 이성적으로 행동하세요."

"싫어요." 엘리스 부인은 이렇게 대답하면서 자신도 놀랄 만큼 민첩한 동작으로 드루 부인의 작업 테이블로 가서 가위를 집었다. "더 가까이 오면 찌르겠어요."

수녀가 뒤돌아서더니 빠른 걸음으로 운전수를 부르러 갔다. 다음 몇 분은 순식간에 흘러갔다. 하지만 부인 스스로가 탐정소설 주인공 못지않게 훌륭히 대처했다고 깨닫기에는 충분했다. 부인은 침실로 들어가 뒷마당으로 통하는 문을 열었다. 열려 있는 침실 창문을 통해 운전수가 외치는 소리가 들렸다.

"뒷문이 열려 있어요! 그쪽으로 도망칠 거예요."

'헷갈리게 만들어드리지.' 엘리스 부인이 침대에 기대앉으며 생각했다. '열심히 쫓아가보라고. 덕분에 수녀 몸무게는 좀 줄어들겠군. 모어턴 힐에서는 생전 뛸 일이 없을 테니. 늘 차를 마시고 달콤한 비스킷이나 먹지 않겠어? 환자들한테는 빵과 물만 주면서.'

얼마간 시간이 흘렀다. 전화 통화 소리가 들렸다. 침대에 기대어 꾸벅꾸벅 졸기 시작한 순간 차가 멀리 떠나는 소리가 났다. 모든 것이 조용해졌다. 꼬마가 복도에서 노는 소리만 들렸다. 문간으로 가 다시 한 번 귀를 기울였다. 바퀴 달린 장난감이 복도 앞뒤로 굴러가는 소리였다. 다른 소리도 들려왔다. 거실 재봉틀이 빠른 속도로 돌아가는 소리였다. 드루 부인이 작업을 시작한 것이다.

수녀와 운전수는 가버렸다. 두 사람이 가버린 지 한두 시간은 흘렀을 것이다. 벽난로 위 시계를 보았다. 2시였다. 그건 그렇고 이 얼마나 어수선한 방인지. 한가운데 신발이 놓여 있고 코트는 의자 등받이에 걸쳐져 있고 키스의 침대도 자고 일어난 그대로였다.

'여자가 제대로 교육을 못 받았어. 그 공손치 못한 태도를 봐도 알 수 있지. 하지만 어머니가 돌아가셨다니 불쌍하군…….' 엘리스 부인은 생각했다.

부인은 방을 둘러보다가 달력에 인쇄되어 있는 연

도를 보고, 달력마저 제대로가 아님을 알아차렸다.
1932년이 아니라 1952년 달력이었다. 정말 부주의한
사람들이야…….

부인은 발뒤꿈치를 들고 살금살금 걸어 나왔다. 닫
힌 거실 문 안에서 쉴 새 없이 재봉틀 소리가 울렸다.
'생활이 어려운 모양이야. 아내가 재봉 일을 하다니
남편은 대체 뭘 하는 사람일까.' 부인은 소리 없이 복
도를 지났다. 설사 소리를 냈다 해도 재봉틀 소리에
묻혔을 것이다. 거실을 지나는데 문이 열렸다. 꼬마가
서서 부인을 쳐다보았다. 아무 말 없이 미소만 지으
면서. 부인도 마주 보며 미소를 지어 보였다. 꼬마는
자기편이 되어줄 거라는 확신이 들었다.

"키스, 어서 문 닫아." 거실 안쪽에서 엄마가 말했
다. 문이 닫혔다. 재봉틀 소리가 작아졌다. 엘리스 부
인은 그 집을 나와 멀리 사라져 갔다. 냄새로 방향을
찾는 동물처럼 북쪽으로 향했다. 북쪽이 집 방향이기
때문이었다.

부인의 모습은 곧 차량에 파묻혔다. 핀츨리거리에
이르자 속도를 높인 버스들이 휙휙 곁을 지나쳤다.
다리가 아파왔고 피곤했다. 하지만 돈이 없었으므로

버스를 탈 수도, 택시를 잡을 수도 없었다. 아무도 부인을 쳐다보지도, 상관하지도 않았다. 모두들 직장으로 혹은 집으로 가기 바빴다. 햄스테드로 이어지는 언덕길을 힘겹게 오르면서 엘리스 부인은 난생처음으로 자신이 친구 하나 없이 외롭다고 느꼈다. 집이 그리웠다. 자기가 만들어낸 편안한 공간에 어서 들어가고 싶었다. 난데없이 망가져버린 일상을 되찾고 싶었다. 바로잡을 일이 한두 가지가 아니었다. 어디서부터 시작해야 할지, 누구한테 도움을 청해야 할지도 알 수 없었다.

엘리스 부인은 생각했다. '모든 것이 어제 산책하러 나가기 전 모습이면 좋겠어.' 등이 아프고 다리가 뻣뻣했다. '집에 가고 싶어. 우리 딸이 보고 싶어.'

다시 벌판이 나왔다. 이제 교차로를 건너기 직전이었다. 어제 했던 생각도 떠올랐다. 수전에게 빨간 자전거를 사줄 계획을 세우고 있었지. 가볍지만 튼튼한 걸로 골라야 해.

자전거 생각을 하자 걱정도, 고통도 잊어버렸다. 이 혼란이 끝나고 나면 수전에게 빨간 자전거를 사줘야지.

그런데 왜 또다시 끼익하는 브레이크 소리가 들리
고 세탁소 배달원의 놀란 표정이 보이는 걸까?

# 푸른 렌즈

The Blue Lenses

붕대를 제거하고 푸른 렌즈를 끼우기로 한 바로 그
날이 되었다. 마다 웨스트는 눈가에 손을 올려 안대
와 그 아래 겹겹이 감긴 붕대를 만져보았다. 그동안
의 인내가 마침내 보상을 받게 된 것이다. 수술 후 몇
주가 흐르는 동안 특별한 신체적 고통은 없었으나 암
흑 속에서 주변 세상과 삶이 자기만 빼놓고 흘러가는
느낌이 낯설었다. 수술 후 처음 며칠 동안은 찌르는
듯 아팠지만 다행히 약으로 가라앉힐 수 있었다. 그
다음에는 지독한 피로감이 찾아왔다. 쇼크 반응이라

고들 했다. 수술 자체는 성공적이었다. 백 퍼센트 성공이라고 했다.

"이전 어느 때보다도 선명하게 보게 되실 겁니다." 의사가 말했다.

"어떻게 그렇게 확신하시죠?" 마다는 가느다란 믿음을 더 강하게 만들고 싶어 일부러 물어보았다.

"마취에서 깨어나시기 전에 눈을 검사했거든요. 웨스트 부인, 저희는 거짓말하지 않는답니다."

하루에 두세 번씩 그런 확인이 오갔고 그러면서 마다는 인내심을 굳건히 했다. 나중에는 하루에 한 번 정도만 물어보았고 결국은 당연하게 믿어버리는 단계에 이르렀다. "장미꽃 버리지 마세요. 제가 직접 봐야 하니까." 마다가 그렇게 말하면 낮 담당 간호사가 깜짝 놀라 "이건 보시기 전에 다 시들어버릴 텐데요" 하고 대답하곤 했다. 그건 그 주에는 앞을 볼 수 없다는 뜻이었다.

구체적인 날짜는 누구도 말해주지 않았다. '14일부터 앞을 보실 수 있습니다'라고 말해주는 사람은 없었다. 아무렇지도 않은 척, 얼마든지 기다릴 수 있는 척을 계속해야 했다. 남편 짐조차 이제는 병원 편이 되어버려 속마음을 털어놓을 수 없었다.

오래전에는, 아니, 수술 이전만 해도 그와 작은 불안이나 의혹까지 다 나누곤 했다. 아플 것이 두렵고, 수술 후 얼마 동안 앞을 보지 못하고 지내야 한다는 것이 무서웠던 마다는 남편을 붙잡고 "영영 보지 못하게 되면 어떡하지?" 하고 걱정했다. 짐은 아내 못지않게 불안해하면서 "어떤 일이 닥치든 함께 헤쳐나가면 돼"라고 대답해주었다.

하지만 이제는 어쩐지 남편과 수술 이야기를 하기가 조심스러웠다. 앞이 보이지 않다 보니 좀 예민해진 모양이었다. 남편의 손길이나 입맞춤, 따뜻한 목소리는 전과 똑같았지만 어쩐지 병원의 다른 직원들이 그렇듯 너무 친절하다는 느낌이었다. 무언가 숨길 것이 있을 때 나오게 되는 그런 친절함이었다. 그리하여 남편이 와 있던 저녁에 의사가 "내일 렌즈를 끼우겠습니다"라고 말했을 때, 기쁨보다는 놀라움이 더 컸다. 너무 놀라 아무 말도 하지 못하는 사이에 의사는 병실을 나갔다. 정말이구나. 괴로움이 끝나는구나. 한참 얼떨떨해하다가 낮 담당 간호사 근무가 끝나기 전에야 간신히 물어보았다. "렌즈에 익숙해지려면 시간이 좀 걸리겠죠? 처음엔 아프기도 하겠죠?" 인내의 날들 동안 늘 다정했던 간호사는 "렌즈를 끼고 있다는 것도 못 느끼실 겁니다"라고 대답해주었다.

부드럽고 차분한 목소리, 베개를 받치거나 입술에 컵을 대주는 손길, 자기를 씻겨줄 때 쓰는 비누 향이 살짝 섞인 체취 등이 마다를 안심시켰다. 이 간호사라면 거짓말을 할 리 없었다.

"내일이면 간호사님 얼굴을 볼 수 있군요." 마다는 이렇게 말했고, 간호사는 간혹 복도 바깥에서 들려오곤 하던 그 유쾌한 웃음소리와 함께 대답했다. "네. 충격을 받지는 않으셔야 할 텐데요."

병원에 들어올 때의 두려웠던 기억은 신기하게도 거의 사라졌다. 입원하면서 만났던 직원들은 어두운 그림자 같았고 배정받은 병실은 자신을 가두는 나무 상자처럼 느껴졌다. 곧바로 수술해야 한다고 권했던 냉철한 의사는 두 차례 면담까지 했음에도 모습이 아닌 목소리만 남았다. 의사는 지시를 내렸고 그 지시는 틀림없이 이행되었다. 자기 말에 따르라고 요구하면서 마다의 눈 속 조직에 기적을 일으키는 사람 앞에서, 한낱 환자가 무어라 의견을 내기는 힘들었다.

"설레지 않으세요?" 이 낮고 부드러운 목소리는 야간 담당 간호사였다. 마다가 무엇을 어떻게 견뎌왔는지 다른 누구보다 잘 아는 사람. 반면 낮 담당인 브랜드 간호사는 낮 시간에 맞게 밝고 쾌활했다. 나름의 독창적인 표현으로 바깥 날씨를 알려주곤 했는데 창문을 활짝 열면서 "몽땅 태워버리겠다는 듯 이글거리는군요"라고 말하는 식이었다. 그러면 환자는 차가운 간호사복이나 풀 먹인 캡에서 열기를 가라앉히는 청량감을 느꼈다. 비가 쏟아지고 한기가 느껴지는 날씨에는 "정원사들이 반가워하겠네요. 하지만 강으로 소풍 가려던 사람의 계획은 깨지겠는데요"라는 평이 나왔다.

식사 때도 그랬다. 아무리 평범한 메뉴라도 브랜드 간호사의 소개를 받으면 최고의 맛이 되었다. "가자미 버터 요리 드셔야죠?" 즐거운 목소리로 이렇게 말하는 소리를 들으면 아무리 입맛이 없어도 간호사를 실망시키지 않기 위해 맛없는 생선을 입에 넣을 수밖에 없었다. "사과 파이예요. 분명 두 쪽은 드실 거라 믿어요." 뻣뻣하고 축축한 빵 조각을 바삭하고 달콤하게 바꿔놓는 말투였다. 브랜드 간호사의 명랑한 낙

관주의는 불만을 허락하지 않았다. 그 앞에서 '그냥 누워 있게 내버려둬요. 아무것도 안 먹을 테니'라고 말하는 건 차마 할 수 없는 일이었다.

밤이 오면 평안함과 앤설 간호사가 찾아왔다. 앤설 간호사는 용기를 요구하지 않았다. 처음에 통증이 있을 때 약을 준 이도, 베개 위치를 바꿔주고 바짝 마른 입술에 물컵을 대준 이도, 몇 주가 흘러가는 동안 부드러운 목소리로 "곧 지나갈 거예요. 기다리는 게 가장 힘든 거랍니다"라고 조용히 용기를 북돋워준 이도 앤설 간호사였다. 밤에 호출 벨을 누르기만 하면 즉시 앤설 간호사가 달려왔다. "잠이 안 와요? 얼마나 힘드실지 잘 알아요. 자, 이것 두 알 반만 드세요. 밤이 금방 지나갈 거예요."

얼마나 따뜻하고 부드러운 목소리인지. 강요된 휴식과 게으름 속에서도 앤설 간호사와 함께 있으면 그곳이 병원이 아닌 휴가지처럼 여겨졌다. 해외 휴가지에서 짐은 다른 남자와 짝을 이뤄 골프를 치러 가고 마다는 앤설 간호사와 산책을 하는 것이다. 앤설 간호사는 한 치 오류도 없이 능숙하게 역할을 해냈다. 밤 시간 동안 친밀감을 나누고 난 앤설 간호사는 아침 8시 5분 전이 되면 "오늘 저녁에 다시 올게요" 하고 속삭인다. 저녁 8시가 기다리기만 하면 당연히 오는 시간이 아니라 특별한 약속이기라도 하다는 듯이.

앤설 간호사는 환자의 불평을 이해하는 사람이었다. 마다가 "하루가 정말 길었어요"라고 하면 자신의 하루도 지루하게 길었다는 듯, 숙소에서 잠을 이루려 뒤척이면서 저녁 근무 시간만 기다렸다는 듯 "정말 그랬죠?" 하고 답하는 것이다.

손님이 찾아왔다는 걸 알릴 때도 뭔가 특별한 배려가 있었다. "기다리시던 분이 평소보다 조금 일찍 오셨네요"라고 말하는 앤설 간호사의 어조는, 10년을 함께 산 남편 짐이 아니라 비밀의 정원에서 만든 꽃다발을 바치려고 발코니로 찾아온 연인을 소개하는 듯했다. "정말 대단한 백합이에요!"라는 감탄 어린 설명이 나올 때 마다는 그 아름다운 꽃잎이 하늘까지 닿을 듯 뻗어 있고 여사제인 앤설 간호사가 그 앞에 무릎 꿇고 앉은 장면을 상상했다. 다음으로는 수줍게 중얼거리는 소리가 들렸다. "어서 오세요, 웨스트 씨. 사모님께서 목 빠지게 기다리셨답니다." 병실 문이 부드럽게 닫히는 소리, 화병에 담긴 백합을 가만히 들고 와서 놓는 소리, 온 방을 채우는 꽃향기.

5주째쯤이었을 것이다. 마다는 처음에는 앤설 간호사에게, 다음에는 남편에게, 퇴원하고 첫 주 동안은 집에 간호사가 있으면 좋겠다고 말했다. 마침 앤설 간호사가 그때에 맞춰 휴가를 낼 수 있다고 했다. 일주일 휴가. 집에 돌아간 마다가 일상에 적응하기에 충분한 기간이었다.

"제가 그렇게 해드릴까요?" 침착하면서도 얼마든지 가능하다고 말하는 듯한 앤설 간호사의 목소리.

"그래주시면 좋겠어요. 집에 돌아가서 처음에는 힘들 것 같아서요." 무엇이 힘들지는 모르겠지만 어쨌든 새 렌즈를 끼워 넣어도 여전히 자신은 무력한 존재일 것만 같다고 생각하며, 또한 앤설 간호사의 도움과 보호가 꼭 필요할 것이라 확신하며 마다가 말했다. "짐, 당신도 괜찮죠?"

남편은 놀라면서 원하는 대로 하라고 허락했다. 아내가 담당 간호사를 그렇게 친밀하게 여기고 있다는 것에 놀라며, 아픈 부인의 청을 들어준 것이다. 적어도 마다에게는 그렇게 여겨졌다. 나중에 남편이 밤마다 병실에 오지 않고 집에서 잠을 자게 되었을 때, 마다는 앤설 간호사에게 말했다. "퇴원 후에 간호사 도움을 받는 걸 남편이 좋아할지 어떨지 모르겠어요."

대답은 조용했지만 확신을 안겨주었다. "걱정 마세요. 웨스트 씨도 좋다고 하실 테니."

뭘 좋다고 한단 말인가? 일상의 변화를? 세 사람이 식탁에 둘러앉아 나누는 대화를? 손님이지만 보수를 받고 안주인을 돌봐주는 독특한 존재를? (보수에 대해서는 아무도 굳이 언급하지 않았지만 마지막 날 봉투가 전달될 것이었다.)

"설레지 않으세요?" 머리맡에서 붕대를 만져주는 앤설 간호사의 따뜻한 목소리. 이제 몇 시간만 지나면 새 세상이 열리게 된다는, 그동안의 불안과 우려를 다 날려버리는 확신에 찬 어조. 수술은 실패하지 않았다. 내일이면 다시 앞을 볼 수 있다.

"그렇죠. 다시 태어나는 것 같아요. 세상이 어떻게 보였는지 다 잊어버렸답니다." 마다가 대답했다.

"세상은 정말 멋지죠. 그동안 잘 참으셨어요." 앤설 간호사가 속삭였다.

그 다정한 손길은 그동안 꼭 붕대를 하고 있어야 한다고 윽박지르던 모든 사람들을 비난하는 듯했다.

앤설 간호사가 전체 과정을 지휘했다면 치료를 받는 것이 좀 더 수월했을 텐데.

"내일이면 간호사님은 더 이상 목소리뿐이 아닌 사람으로 다가오겠죠. 이상한 기분이에요."

"지금은 제가 사람이 아닌가요?"

짐짓 나무라는 듯 가볍게 달래는 그런 말투가 두 사람이 나누는 대화의 특징이었고, 이는 마다의 기분을 북돋아주었다. 시력이 돌아오면 이런 대화는 사라지겠지.

"물론 사람이지만, 그래도 좀 다르잖아요."

"전 왜 그런지 모르겠는데요."

키 작은 흑인이라는 건 앤설 간호사 본인이 말해주어 알고 있었지만 처음 보게 되면 놀랄지도 모른다. 고개가 약간 기울었거나 눈이 비뚤거나 입이 너무 크거나 치아가 너무 많을지도 모른다고 마다는 미리 마음의 준비를 했다.

"자, 그럼 손으로 느껴보세요." 앤설 간호사는 마다의 손을 잡고 자기 얼굴을 쓸어보게 했다. 그런 일이 사실 처음도 아니었지만 그때마다 당황스러웠다. 마다는 손을 잡아 빼면서 웃었다. "그래봤자 전 하나도 모르겠다니까요."

"이제 주무세요. 내일은 금방 올 거예요." 손 닿는 곳에 호출 벨을 가져다두고 물 한 잔과 약을 건넨 후 간호사가 저녁 인사를 했다. "안녕히 주무세요, 웨스트 부인. 필요한 것이 있으면 벨을 누르시고요."

"고마워요."

병실 문이 닫히고 간호사가 멀어지면 상실감과 외로움이 살짝 느껴지곤 했다. 똑같이 다정하게 대우받을 다른 환자들에게 질투심도 생겼다. 새벽에 잠 못 들고 있을 때면 집에 혼자 있을 짐이 아니라 누군가의 머리맡에 앉아 그를 보살펴주는 앤설 간호사의 모습을 상상했다. 그러고는 참지 못하고 호출 벨을 누르고는 말했다. "혹시 졸고 계셨나요?"

"전 근무 시간에는 절대 자지 않아요."

그렇게 대답한 후 앤설 간호사는 복도 한가운데 있는 간호사실에 앉아 차를 마시거나 진료 차트를 정리했을 것이다. 아니면 지금 마다 곁에 있듯 다른 환자를 보살폈을 테고.

"손수건을 못 찾겠어요."

"여기, 베개 아래 있어요. 늘 거기 두잖아요."

어깨를 두드려주고 몇 분 동안 대화를 나눈 후 간
호사는 가버린다. 다른 환자의 호출 벨이 울려서, 혹
은 다른 업무를 처리하기 위해서.

* * * * *

"와, 도저히 불평의 말을 할 수 없는 날씨예요!" 낮
시간이 되었고 브랜드 간호사가 아침의 첫 산들바람
처럼 들어왔다. "마음의 준비가 되셨나요? 어서 준비
를 마치고 저녁에는 제일 예쁜 잠옷을 입고 남편을
맞으셔야죠."

수술 때와 반대되는 과정이 시작되었다. 다만 환자
이동용 침대에 누울 필요는 없었다. 브랜드 간호사의
도움을 받으며 의사가 능숙하게 손을 움직였다. 우선
안대를 제거하고, 붕대를 들어 올리고, 둔한 통증이
느껴지는 주사를 놓았다. 이어 눈꺼풀에 뭔가 처치를
했는데 그건 아프지 않았다. 붕대가 감겨 있던 곳에
하는 처치는 뭐든 차갑다. 덕분에 진정 효과가 있긴
하지만.

"자, 실망하지 마세요. 처음 30분 정도는 제대로 보

이지 않을 겁니다. 모든 것이 그림자처럼 뿌옇죠. 그러다가 서서히 형체가 분명해집니다. 잠깐 동안 가만히 누워 계십시오." 의사가 말했다.

"알겠습니다. 움직이지 않을게요."

오래 기다렸던 순간이 갑자기 순간적으로 찾아오면 안 되고말고. 지금 눈에 끼운 짙은 색 렌즈는 며칠 동안 임시로 넣는 것이고 이후 다른 렌즈로 바꾼다고 했다.

"얼마나 보일까요?" 끝내 참지 못하고 물었다.

"전부 다 보이십니다. 처음에는 색깔이 없을 겁니다. 햇살 밝은 날 선글라스를 낀 상태랑 같죠. 기분 좋은 느낌이 드실 겁니다."

의사의 유쾌한 웃음이 마다를 안심시켰다. 의사와 브랜드 간호사가 나간 후 마다는 다시 누워 안개가 걷히기를, 선글라스 낀 여름날 풍경이 펼쳐지기를 기다렸다.

차츰차츰 안개가 걷혔다. 첫 번째로 눈에 들어온 것은 네모난 옷장이었다. 다음으로 의자가 보였다. 고개를 돌리자 창문 모양, 창턱에 놓인 꽃병, 짐이 사다준 꽃이 모습을 드러냈다. 창문 바깥에서 들려오는 거리의 소음이 눈앞 풍경과 어우러지니 전에는 날카롭게만 여겨지던 소리도 조화로웠다. '울어도 괜찮을까? 혹시라도 렌즈에 막혀 눈물이 나오지 않을지도 몰라.' 마다는 생각했다. 하지만 다시 시력을 되찾았다는 감격에 저절로 눈물이 흘러나왔다. 부끄러울 것은 없었다. 금방 쓱 닦아버리면 되니까.

이제 모든 것이 분명한 형태로 보였다. 꽃, 세면대, 온도계가 든 유리 케이스, 잠옷. 안도감과 신기함이 너무 커서 다른 생각을 할 수 없었다.

'의사 말은 거짓이 아니었어. 정말 이렇게 되는군. 얼마나 다행이야.'

자기가 덮고 있는 보드라운 담요의 표면을 이제 볼 수 있었다. 색깔은 중요하지 않았다. 푸른 렌즈의 흐릿한 빛 속에서 세상은 더 매력적이고 부드러웠다. 형태가 보이는 것만으로도 충분히 행복했으므로 색깔은 아쉽지 않았다. 앞으로 색깔을 즐길 시간은 충분히 있다. 푸른색 사물만으로도 대만족이었다. 보는 것과 느끼는 것, 두 가지를 동시에 감각할 수 있다니 그야말로 새로 탄생한 것 같았고 오래 잊고 있던 세상을 재발견하는 기분이었다.

이제 서두를 필요는 없었다. 작은 병실을 둘러보고 하나하나 살펴보는 일만으로도 바빴다. 병실을 바라보고 느끼는 데, 창가까지 걸어가 맞은편 건물을 바라보는 데 몇 시간도 부족할 것 같았다.

마다는 생각했다. '감옥에 갇힌 죄수라 해도 눈이 보이지 않다가 시력을 되찾으면 분명 감방 안에서도 편안함을 느낄 거야.'

바깥에서 브랜드 간호사의 목소리가 들렸다. 마다는 문 쪽으로 고개를 돌렸다.

"자, 이제 행복해지셨죠?"

웃음 띤 얼굴의 마다는 간호사복을 입고 우유 잔을 쟁반에 받쳐 들고 다가오는 형체를 바라보았다. 그런데 아니, 이게 어찌 된 일이지? 간호사 캡을 쓴 머리는 사람이 아니었다. 마다를 내려다보는 것은 여자 몸에 붙은 소 대가리였다. 뿔 사이에 간호사 캡이 올려져 있었다. 커다랗고 다정한 두 눈도 소의 눈이었다. 콧구멍도 넓고 축축했다. 간호사가 서서 숨 쉬는 모습은 영락없이 초원에서 한가로이 풀을 뜯는 한 마리 소였다.

"약간 낯선 느낌인가요?"

웃음소리는 여자 간호사의 그것이었다. 브랜드 간호사는 침대 옆 탁자에 쟁반을 놓았다. 마다는 아무 말도 하지 않았다. 눈을 감았다가 다시 떠보았다. 간호사복을 입은 소가 여전히 곁에 있었다.

"제 말이 맞죠? 색깔만 아니라면 렌즈를 끼고 있다는 것도 못 느끼시겠죠?"

시간을 좀 벌어야 했다. 마다는 조심스레 손을 뻗어 우유 잔을 잡았고 천천히 마셨다. 무슨 목적이 있어 가면을 쓴 게 분명했다. 렌즈 장착과 관련해 일종의 실험이 진행되는 모양이었다. 이유는 상상도 할 수 없지만. 눈 수술을 받은 심약한 환자라면 가면을 보고 깜짝 놀라버릴 텐데 이건 너무 가혹한 실험이 아닌가?

"잘 보여요." 머뭇거리다가 마다가 말했다. "제 생각엔 그렇습니다."

브랜드 간호사가 팔짱을 끼고 서 있었다. 간호사복을 입은 퉁퉁한 체형은 마다가 상상하던 대로였지만 갸우뚱한 소 대가리며 뿔 사이에 올라앉은 캡이라니……. 정말로 가면이라면 어디서 그 머리가 몸통과 연결되는 거지?

"별로 자신 없는 목소린데요. 수술 결과가 마음에 들지 않으시는 건 아니겠죠?"

평소처럼 유쾌한 웃음이 뒤따랐다. 하지만 소 주둥이는 풀이라도 씹는 듯 좌우로 천천히 움직이고 있었다.

"자신이 없긴요. 다만 어리둥절해서요. 이건 무슨 게임인가요?"

"게임이라니요?"

"그러니까, 간호사님 얼굴……. 얼굴이 좀 묘하게 보여서……."

푸른 렌즈를 통해서도 표정 변화는 읽혔다. 소 주둥이가 아래로 축 처졌다.

"어쩌면 그런 말씀을!" 다정한 웃음소리는 사라졌다. 충격받은 것이 분명한 말투였다. "전 신이 만들어 주신 그대로의 모습에 만족해요. 제 얼굴이 실패작이라고는 추호도 생각하지 않아요."

소 대가리를 한 간호사가 창가로 가서 커튼을 활짝 열어 햇살이 완전히 쏟아져 들어오게 했다. 가면의 경계 따위는 없었다. 소 대가리는 몸통에 완전히 연결된 상태였다. 소는 대가리를 숙여 뿔을 내보였다.

"죄송해요. 기분 상하게 하려는 건 아니었는데 정말로 좀 이상하게도……."

마다가 말을 맺기 전에 병실 문이 열리고 의사가 들어왔다. "안녕하세요? 어떠신가요?" 익숙한 목소리였다. 흰 가운과 바지 차림은 의사다웠다. 하지만 몸통 위는 테리어 종 개 대가리가 아닌가? 귀가 쫑긋 서고 눈빛은 호기심에 차 주변을 탐색하는……. 금방이라도 멍멍 짖고 꼬리를 흔들 것만 같았다.

이번에는 마다가 웃음을 터뜨렸다. 너무도 어처구니가 없었다. 뭔가 장난치는 것이 분명했다. 어째서 이렇게 힘들여 장난을 치는지, 무엇을 얻고자 하는지 알 수 없었지만 말이다. 테리어 대가리가 소 대가리 쪽을 돌아보며 소리 없이 대화를 나누는 장면에 마다가 갑자기 웃음을 멈췄다. 소가 우람한 어깨를 으쓱해 보였다.

"웨스트 부인께선 우리가 게임을 한다고 생각하십니다." 간호사의 목소리는 그리 유쾌하지 않았다.

"그런 것 같군. 최소한 환자분이 우리를 싫어하지는 않으시는 모양이지?"

이어 의사가 가까이 다가와 상체를 굽히고 환자의

눈을 살폈다. 마다는 가만히 누워 있었다. 테리어 대가리 역시 가면이 아니었다. 대가리와 몸통이 붙어 있었다. 귀가 쫑긋했고 날카로운 코가 킁킁거리며 움직였다. 한쪽 귀는 검고 다른 쪽 귀는 하얀색이었다. 마다는 테리어 개가 여우 굴 앞에서 냄새를 맡고 훈련받은 대로 구멍을 파는 모습을 상상했다.

"잭 러셀 테리어군요." 마다가 자기도 모르게 소리 내어 말했다.

"뭐라고요?"

의사는 상체를 똑바로 하고 침대 옆에 섰다. 밝은 빛 눈이 꿰뚫을 듯 마다를 보았다.

마다는 급히 할 말을 궁리했다. "아니, 그러니까, 잭 러셀이라는 이름이 어울리실 것 같아서요."

"제임스 러셀이라는 사람은 압니다. 그 사람은 정형외과 의사라 부인 뼈를 부러뜨릴 수도 있죠. 혹시 제가 그러기라도 한 거라고 생각하시나요?"

브랜드 간호사가 그랬듯 의사도 놀란 기색이었다. 수술 결과에 감탄하고 감사하는 반응이 나오지 않았기 때문이다.

"아니, 전혀 아니에요. 아무것도 부러지지 않았고

고통도 없습니다. 앞이 잘 보입니다. 사실, 지나치게 잘 보이는 것 같군요."

"본래 그렇답니다." 의사가 대답했다. 뒤따른 웃음소리는 짧게 짖는 소리와 비슷했다.

"자, 간호사, 환자분은 렌즈를 빼는 것 말고는 뭐든 마음대로 하실 수 있습니다. 미리 설명을 해주시죠."

"네. 안 그래도 그러려던 참이었습니다."

테리어 대가리가 마다 쪽을 보았다.

"목요일에 다시 와서 렌즈를 바꿔드리겠습니다. 그동안은 하루 세 번씩 용액을 넣어 렌즈를 세척하게 될 겁니다. 손으로 렌즈를 만지지 마십시오. 함부로 만졌다가 결국 실명하고 만 환자도 있었답니다."

테리어는 이렇게 말하려는 듯했다. '그런 짓을 했다가는 혼날 줄 알아. 아예 생각도 말라고. 내 이빨은 충분히 날카로우니까.'

"알겠습니다." 마다가 천천히 대답했다. 기회는 사라졌다. 설명을 요구할 수 없게 되었다. 그런 짓은 하지 않는 게 좋겠다는 본능적인 느낌이 들었다. 테리어는 소에게 무언가 지시를 내렸다. 날카로운 스타카토 문장이 이어지고 멍청한 소 대가리가 위아래로 끄덕였다. 뜨거운 여름날에는 파리가 소를 괴롭히겠지. 간호사 캡이 벌레 쫓는 데 도움이 되려나?

의사와 간호사가 병실 문 쪽으로 움직이기 시작했을 때 마다가 마지막으로 질문을 시도했다.

"영구 렌즈를 넣어도 지금과 똑같을까요?"

"완벽하게 똑같습니다." 의사가 짖어댔다. "다만 색이 들어 있지 않아 자연색을 그대로 보실 수 있죠. 그럼 목요일에 뵙겠습니다."

두 사람은 가버렸다. 문밖에서 중얼거리는 소리가 들렸다. 무슨 일일까? 이게 정말로 실험이라면 의사와 간호사가 밖에 나가서는 바로 가면을 벗었을까? 이건 꼭 확인해야 하는 중대한 일이었다. 이런 장난은 공정하지 않았다. 환자의 신뢰를 이용하다니. 마다는 침대에서 빠져나와 문 앞으로 갔다. 의사가 "한 알반 주세요. 환자가 약간 긴장 상태입니다. 물론 정상 반응이지만"이라고 말하는 중이었다.

마다는 용감하게 문을 활짝 열었다. 복도에 선 의사와 간호사는 여전히 가면을 쓴 상태였다. 테리어의 날카로운 눈과 소의 깊은 눈이 동시에 마다를 돌아보았다.

"뭐 원하는 것이 있으세요?" 브랜드 간호사가 물었다.

마다는 두 사람 뒤의 복도 풍경을 바라보았다. 모두가 마찬가지였다. 옆 병실에서 빗자루를 들고 나오는 청소부는 작은 몸 위에 족제비 대가리를, 반대편에서 걸어오는 간호사는 곱슬곱슬한 털 위에 앙증맞게 캡을 올린 거만한 고양이 대가리를, 그 옆에 선 의사는 위엄 있는 사자 대가리를 하고 있었다. 마침 그 순간 엘리베이터에서 내리는 수위 또한 어깨 위가 돼지 대가리였고 꿀꿀 소리를 내면서 짐을 옮기는 중이었다.

마다는 처음으로 오싹한 공포에 휩싸였다. 자기가 그 순간에 문을 열 줄 알고 모두가 가면을 썼다고는 볼 수 없었다. 자기를 담당하지 않는 의사와 간호사, 옆 병실에서 나오는 청소부와 엘리베이터에서 내리는 수위까지 다 함께 그럴 수는 없는 일이었다. 경악스러운 표정이 얼굴에 나타났는지 소 대가리를 한 브랜드 간호사가 마다를 부축해 병실로 들어갔다.

"마다 부인, 괜찮으세요?" 간호사의 목소리에 염려가 묻어났다.

마다는 천천히 침대에 앉았다. 이게 음모라면 목적이 뭐지? 다른 환자들도 나처럼 음모의 대상일까?

"좀 피곤해요. 자야겠어요."

"그게 좋겠군요. 좀 흥분하셨어요."

소 대가리가 물컵에 무슨 약을 섞었다. 컵을 받아 드는 마다의 손이 떨렸다. 소가 제대로 약을 줄 수 있을까? 실수로 준 약이면 어쩌지?

"무슨 약이죠?"

"진정제예요."

미나리아재비와 데이지와 녹색 풀밭. 진정제를 탄 물에서 그 세 가지 맛이 다 느껴져 마다는 몸을 떨었다. 침대에 눕자 간호사가 커튼을 내렸다.

"이제 쉬세요. 자고 일어나면 훨씬 기분 좋아지실 거예요." 거대한 소 대가리가 앞쪽으로 기울어졌다. 곧 주둥이를 열고 음매 소리를 낼 것 같았다.

진정제가 효과를 발휘했다. 팔다리에 노곤한 기운이 돌았다.

곧 평화로운 어둠이 찾아왔고, 얼마간 시간이 흐른 후 마다는 무슨 소리를 듣고 깨어났다. 고양이 간호사가 점심을 들고 들어오는 소리였다. 브랜드 간호사는 조퇴를 했다고 했다.

"언제까지 이러실 건가요?" 마다가 물었다. 이제 음모에 거의 항복한 상태였다. 꿈도 꾸지 않고 곤히 자고 난 후라 조금 기운이 났다. 시력 회복을 위해 필요한 조치라면, 아니 이유는 알 수 없어도 병원에서 결정한 일이라면 승복하는 수밖에.

"무슨 말씀이시죠?" 고양이가 미소 지으며 되물었다. 대가리 위의 캡을 만지작거리고 목에서는 가르릉 소리가 나는 변덕쟁이 고양이였다.

"제 눈에 대한 실험요." 마다는 점심으로 나온 닭고기 요리를 고양이에게 뺏기지 않으려고 손으로 가리면서 말했다. "대체 목적이 뭔지 모르겠어요. 그렇게 위장하는 목적이요."

고양이는 심각한 표정으로 마다를 응시했다. "죄송합니다만, 무슨 말씀이신지 모르겠습니다. 제대로 눈이 보이지 않는다고 브랜드 간호사에게 말씀하셨나요?"

"눈이 안 보이는 게 아니에요. 완벽하게 잘 보입니다. 의자는 의자로 보이고 탁자는 탁자로 보이고요. 이제 점심으로 닭고기를 먹을 참이죠. 하지만 어째서 간호사님이 고양이로, 얼룩 고양이로 보이는 걸까요?"

마다의 말투가 공격적으로 느껴진 모양이었다. 평온하게 말할 상황이 아니기도 했다. 고양이 간호사는 뒤로 몇 걸음 물러섰다.

"어쩜 이러실 수가 있나요. 고양이라고 불리긴 처음이군요."

"모욕하려는 게 아니에요. 보이는 대로 볼 뿐이죠. 간호사님은 고양이고 브랜드 간호사는 소군요."

두 번째로 고양이라는 말을 듣자 본격적으로 화가 났는지 고양이 수염이 빳빳하게 곤두섰다.

"식사나 하시죠. 필요하면 호출 벨을 누르시고요."

고양이 간호사가 거만한 걸음으로 나갔다. 꼬리가 있었다면 살랑거리지 않고 바짝 서 있었으리라.

아니, 그들은 가면을 쓴 게 아니었다. 고양이가 놀라고 화내는 반응은 진짜였다. 병원 사람들이 모두 한 환자를 위해 연극을 할 수는 없었다. 그건 너무 비용이 큰 실험이다. 그렇다면 렌즈가 잘못된 것이 틀림없었다. 어째서인지는 몰라도 렌즈가 사람 얼굴을 달리 보이도록 만드는 것이리라.

갑자기 머리를 스치고 지나가는 생각에 마다는 식사 테이블을 옆으로 젖히고 침대에서 뛰어내려 화장대 앞으로 갔다. 거울 속에서 익숙한 얼굴이 자기를 바라보았다. 최소한 자기 얼굴은 멀쩡하게 보이는 셈이었다.

"정말 다행이군." 마다는 일단 안심했지만 또다시 머릿속이 복잡해졌다. 자기 얼굴이 멀쩡하게 보인다면 다른 사람들 모두가 가면을 쓰고 있다는 처음 생각이 옳은 걸까? 하지만 왜? 그렇게 해서 얻는 게 뭐지? 날 실성하게 만들려는 음모인가? 아니, 그건 너무 터무니없는 생각이었다. 런던의 이름 있는 이 병원이, 의사도 로열티를 받고 수술하는 이곳이 그럴리는 없었다. 또한 자기를 실성하게 만들려면, 더 나아가 죽게 만들려면 약을 쓰는 편이 훨씬 간단했다. 수술할 때 마취제를 과다 투여해 죽일 수도 있었다. 의사들과 간호사들이 모두 동물 가면을 쓰도록 하는 이런 복잡한 일을 벌일 리가 없었다.

다른 증거를 잡고 싶었다. 마다는 창문 앞으로 가 커튼 뒤에 숨은 채 행인들을 바라보았다. 잠깐은 아무도 지나다니지 않았다. 점심시간이라 차량 통행도

뜸했다. 그러다가 길 끝에 택시가 지나갔지만 운전사 머리를 확인하기에는 너무 멀었다. 기다렸다. 수위가 병원 밖 계단에 나와 섰다. 돼지 대가리가 뚜렷하게 보였다. 하지만 수위는 음모에 참여했을 테니 무시하기로 했다. 차 한 대가 다가왔다. 아직은 운전사 얼굴을 구별할 수 없었다……. 그래, 속도를 줄이면서 병원 앞까지 와서 얼굴을 밖으로 내미는군. 그건, 개구리 대가리였다. 두 눈이 툭 튀어나와 있었다.

심장이 미친 듯이 뛰었다. 마다는 다시 침대로 돌아왔다. 더 이상 식욕이 없어 접시를 밀어버렸다. 호출벨도 누르지 않았다. 얼마 후 병실 문이 열리더니 족제비 대가리를 한 청소부가 들어왔다.

"후식으로 자두 파이나 아이스크림을 드실 수 있습니다만……."

마다 웨스트는 눈을 반쯤 감고 고개를 저었다. 족제비는 조심스럽게 다가와 쟁반을 치우며 다시 물었다.

"그럼 바로 커피를 드릴까요?"

족제비 머리는 작은 몸에 자연스럽게 붙어 있었다. 가면이 아니었다. 어떤 천재가 이런 가면을 만들 수 있다는 말인가.

"네, 커피 주세요."

족제비가 사라졌다. 문 두드리는 소리가 나더니 고양이가 등을 둥글게 만 상태로 들어왔다. 말 한마디 없이 커피를 내려놓았다. 화를 내야 할 사람은 자기라는 생각에 불쾌해진 마다가 "밥그릇에 우유라도 좀 부어줄까요?" 하고 쏘아붙였다.

고양이 간호사가 돌아보았다. "계속 그러시는군요. 전 농담은 얼마든지 받을 수 있지만 모욕은 얘기가 다릅니다."

"야옹." 마다가 되받았다.

고양이가 방을 나갔다. 아무도 커피 잔을 치우러 들어오지 않았다. 버려진 기분이었지만 마다는 개의치 않았다. 병원 사람들이 이 게임에서 이길 수 있다고 생각했다면 그건 실수였다는 걸 보여주지. 다시 창가로 갔다. 지팡이를 짚은 대구 대가리 노인이 수위의 도움을 받아가며 차에 올라타는 중이었다. 그들은 마다가 지켜보고 있다는 것을 알 리가 없었다. 마다는 수화기를 들고 교환원에게 남편 사무실 번호를 댔다. 다음 순간에야 지금이 점심시간임이 생각이 났다. 어떻든 잭이 전화를 받았다.

"여보, 당신이야?"

"응. 왜?"

다정하고 익숙한 목소리를 들으니 마음이 놓였다. 수화기를 귀에 댄 마다는 침대에 등을 기댔다.

"여보, 언제 올 거야?"

"저녁때 전엔 안 되겠어. 정신없이 바쁜 날이네. 하나 해결하면 바로 다음 일이 터지고. 그래, 어때? 괜찮아?"

"완전히 괜찮은 건 아니야."

"그게 무슨 말이야? 앞이 잘 안 보여? 설마 의사들이 제대로 못 한 거야?"

지금 일어나고 있는 일을 어떻게 설명할 수 있을까? 전화로 말하면 헛소리라고만 여기겠지.

"아니, 앞은 보여. 잘 보여. 그런데……. 간호사들이 동물로 보여. 의사도 테리어 개로 보이고. 여우 굴 사냥에 쓰는 잭 러셀 테리어 말이야."

"대체 무슨 소릴 하는 거야?"

짐은 통화하면서 동시에 비서에게 무슨 약속에 대해 이야기하는 중이었다. 지금 무척, 무척 바쁜 게 분명했다. 최악의 시간에 전화를 건 셈이다. "그래, 잭 러셀이 어떻다고?" 다시 남편이 물었다.

지금은 말해봤자 소용없었다. 남편이 올 때까지 기다려야 했다. 그때 모든 것을 다 설명하고 남편도 눈으로 확인하게 해야지.

"아니, 신경 쓰지 마. 이따 이야기해."

"미안해. 지금은 도무지 정신을 차릴 수가 없어서. 렌즈에 문제가 있으면 병원에 얘길 해. 간호사한테."

"알았어. 그럴게."

마다는 전화를 끊고 잡지를 집어 들었다. 언제 짐이 놓고 간 모양이었다. 글자를 읽어도 눈이 아프지 않아 다행이었다. 인쇄된 사람 얼굴은 정상적으로 보였다. 연예인들의 결혼 기사, 연예계 사건 기사, 신인 배우 관련 기사 등 모든 지면에서 사람 얼굴을 확인할 수 있었다. 그렇다면 오직 이곳, 병원과 병원 바깥 거리에서만 달리 보이는 셈이었다.

늦은 오후에 수간호사가 병실에 들렀다. 옷차림을 보고 수간호사라는 것을 알 수 있었지만 역시 양 대가리를 하고 있었다.

"웨스트 부인, 불편한 점은 없으신가요?"

정중한 목소리였다. 아니, 매— 하는 울음소리인가?

“네. 고마워요.”

마다가 경계하며 대답했다. 괜히 수간호사 기분을 건드릴 필요는 없었다. 이 모든 상황이 미리 짜인 연극이라면 더더욱 그랬다.

“렌즈는 잘 맞으시고요?”

“잘 맞네요.”

“다행입니다. 위험한 수술이었지만 워낙 인내심이 좋으셔서 결과도 좋군요.”

그렇군. 일단 칭찬으로 환심을 사려는 거야. 이 역시 게임의 일부겠지.

“며칠만 지나면 영구 렌즈로 바꿔 넣게 됩니다.”

“네. 저도 들었어요.”

“색깔이 제대로 구분되지 않아 실망하신 건 아니죠?”

“지금 상태에선 그게 오히려 다행이죠.”

자기도 모르는 사이에 쏘아붙이는 말이 튀어나와 버렸다. 수간호사는 괜히 옷을 만지작거렸다. 눈을 내리깐 이 양 대가리 꼴을 당신 스스로도 볼 수 있다면 내 말뜻을 알 텐데.

수간호사는 마다의 시선을 피하며 어색하게 입을

열었다. "웨스트 부인, 제 말에 기분 상하지 않으시면 좋겠습니다. 저희 병원 간호사들은 모두 유능한 전문가들입니다. 오랜 시간 힘들게 일하고 있고요. 그런 간호사들을 모욕하는 행동은 아무리 장난이라 해도 썩 훌륭하다고는 볼 수 없군요."

매―, 매―. 마다는 입술을 꽉 다물었다가 말했다.

"제가 간호사를 고양이라고 부른 일 때문에 이러시는 건가요?"

"뭐라고 부르셨는지는 모르지만 그 간호사가 상처를 받았습니다. 울음을 터뜨리기 직전이더군요."

울음이라니, 발톱을 세워 할퀸 거겠지. 그 유능한 작은 손이 실은 고양이 발이라니.

"다시는 그런 일 없을 거예요."

마다는 그 일에 대해 더는 말하지 않기로 했다. 자기 잘못은 아니니까. 사람 얼굴이 뒤틀려 보이는 렌즈를 끼워달라고 부탁한 적은 없으니까.

"이런 병원을 운영하는 데는 돈이 아주 많이 들겠죠?" 마다가 물었다.

"물론입니다. 그리고 우수한 직원들과 환자들 모두의 협조가 있어야 병원이 제대로 운영되죠." 양 대가리가 대답했다.

정곡을 찌르는 말이었다. 양이라도 머리는 좋군.

"수간호사님, 돌려 말하시지 마세요. 대체 이 모든 것의 목적이 무엇인가요?"

"목적이라니요?"

"이 바보 같은 장난의 목적 말이에요." 마다는 수간호사의 캡을 가리켰다. "어째서 괴상한 가면을 쓰신 건가요? 우습지도 않은데요."

침묵이 흘렀다. 수간호사는 대화를 이어가겠다는 마음을 버린 듯 천천히 문 쪽으로 걸어갔다.

"이곳에서 일하는 간호사들은 모두 자기 캡에 자부심을 가지고 있습니다. 웨스트 부인, 다음번에 다시 만나게 될 때는 지금보다 조금 더 예의를 지켜주시기 바랍니다."

수간호사는 병실을 나가버렸다. 마다는 다시 잡지를 집어 들었지만 읽을 기분은 나지 않았다. 두 눈을 꼭 감았다가 떴다. 그리고 다시 한 번 감았다 떠보았다. 의자가 버섯으로 보이고 탁자가 건초 더미로 보인다면 렌즈 탓이라 할 수 있었다. 하지만 어째서 사람들 얼굴만 달리 보인단 말인가? 이 사람들에게 무슨 문제라도 있는 걸까? 마다는 오후의 홍차가 들어오고 "꽃 선물이 왔습니다"라는 목소리가 들릴 때에도 두 눈을 감고 있다가 혼자 남았을 때야 눈을 떴다. 짐이 보낸 카네이션과 카드가 있었다. '기운 내. 생각만큼 나쁘진 않다고'라고 쓰여 있었다.

마다는 미소를 지으며 꽃에 얼굴을 파묻었다. 꽃은 이상하게 보이지 않았다. 향기도 그대로였다. 카네이션은 아름답고 향기로운 카네이션 그대로였다. 화병에 물을 담아 와서 꽃을 꽂아주는 간호사의 망아지 대가리도 크게 거슬리지 않았다. 털을 다듬은 작은 망아지로, 이마에 흰 별무늬가 있었다. "고마워요." 마다가 미소를 지었다.

괴상한 낮 시간이 이어지는 동안 마다는 애타게 저녁 8시를 기다렸다. 세수하고 잠옷을 입은 후 머리를 빗었다. 커튼을 치고 침대 옆 은은한 조명을 밝혀두었다. 묘하게 신경이 곤두섰다. 낮 시간 동안 앤설 간호사 생각을 한 번도 하지 못했다는 걸 그때서야 떠올렸다. 늘 위로가 되어주는 다정한 앤설 간호사를 말이다. 8시부터 밤 근무를 시작할 앤설 간호사도 음모에 가담했을까? 만약 그렇다면 따지고 들겠다. 앤설 간호사는 거짓말을 하지 않을 테니. 다가서서 두 손을 그 어깨에 올리고 가면을 벗겨버려야지. '자, 이제 벗어버려요. 날 속일 수는 없으니'라고 말하면서. 하지만 렌즈 탓이라면, 문제는 오로지 렌즈라면 뭐라고 말해야 할까?

마다는 화장대에 앉아 얼굴에 크림을 바르느라 문 열리는 소리를 듣지 못했다. 달래는 듯 부드러운, 낯익은 목소리가 들렸다. "시간이 좀 이르지만 궁금해서 기다릴 수가 있어야죠. 제가 바보 같죠?" 눈앞의 거울에 천천히 모습을 드러낸 것은 길쭉한 뱀 대가리였다. 목이 이리저리 구부러지면서 뾰족한 혓바닥이 빠른 속도로 들락날락했다.

마다는 움직이지 않았다. 크림을 바르는 손만 기계적으로 움직였다. 뱀은 잠시도 가만있지 않고 대가리를 돌리고 비틀었다. 크림 통과 크림 냄새를 검사라도 하려는 듯이.

"자기 모습을 다시 보게 되니 어떠세요?"

뱀 대가리를 통해 나오는 앤설 간호사 목소리는 기괴하고 무서웠다. 끝부분이 둘로 갈라진 혀를 날름거리며 말하는 모습에 몸이 얼어붙는 듯했다. 마다는

속이 거북해졌고 구역질이 났다. 간호사의 익숙한 손
길이 마다를 부축해 침대에 눕혔다. 눈을 감고 있으
니 구역질이 가라앉았다.

"이런, 뭐가 잘못됐을까요? 진정제 탓일까요? 제가
차트를 살펴보죠." 환자를 온전히 이해하는 사람만이
낼 수 있는 다정하고 고요한 목소리. 마다는 눈을 뜨
지 않았다. 도저히 그럴 수 없었다. 그저 누운 채 기다
렸다.

"첫날은 충분히 쉬셔야 하는데 그러지 못한 모양이
네요. 손님이 왔나요?"

"아뇨."

"어떻든 쉬셔야겠어요. 얼굴이 창백해요. 남편분께
이런 모습을 보여도 괜찮겠어요? 내일쯤 오시라고 전
화드릴까요?"

"아니, 그러지 마세요. 남편을 꼭 만나야 해요."

두려운 마음에 눈을 뜨자 아까보다 더 길어 보이는
뱀 대가리가 간호사복 위에서 이리저리 구부러지는
광경이 보였다. 독기 품은 눈동자도 눈에 들어왔다.
마다는 손으로 입을 막고 당장 터질 듯한 비명을 억
눌렀다.

앤설 간호사가 불안한 듯 말했다.

"무엇 때문에 이렇게 안 좋으신 걸까요. 진정제 탓은 아닌 것 같아요. 전에도 여러 번 드셨으니까. 저녁 식사는 뭐였죠?"

"생선이요. 많이 먹진 않았어요."

"생선이 혹시 문제였는지 모르겠군요. 다른 환자들도 이런지 알아보고 올게요. 그동안 가만히 누워 진정하고 계세요."

병실 문이 가볍게 열렸다가 닫혔다. 마다는 지시에 따르지 않고 침대를 빠져나와 손톱 가위를 찾아 쥐었다. 무기였다. 다시 침대로 돌아와 가위를 침대 아래 감추고 누웠다. 심장이 쿵쾅거렸다. 공포감이 엄습했다. 뱀 앞에서 스스로를 지켜내야 했다. 이제 모든 것이 연극이 아닌 진실임이 명백해졌다. 어떤 사악한 기운이 병원을 휘감아 의사고 간호사고 몽땅 변모시켜버린 것이다. 이유는 알 수 없지만 말이다. 무슨 까닭인지 마다 혼자만 동물로 변하지 않고 사람으로 남았다.

한 가지는 분명했다. 자기가 안다는 걸 드러내서는 안 된다는 것. 이전처럼 앤설 간호사 앞에서 태연하게 행동해야 했다. 한 번만 삐끗해도 어떻게 될지 모른다. 나아진 척하자. 계속 안 좋은 모습을 보이면 앤설 간호사의 뱀 대가리와 갈라진 혓바닥이 눈앞에 다가올 테니.

다시 병실 문이 열렸다. 마다는 침대 아래 손톱 가위를 움켜쥐고 억지로 미소를 지었다.

"제가 참 별난 환자죠? 좀 어지러웠나봐요. 이젠 괜찮아요."

뱀 대가리가 손에 병을 들고 있었다. 세면대로 가서 컵을 가져와 병에 든 액체 세 방울을 따랐다. "이걸 드시면 다 해결될 거예요."

마다는 다시금 공포에 사로잡혔다. 해결되다니, 뭐가 해결된다는 걸까? 나를 해결해버리겠다고? 그 액체는 색깔이 없었다. 무엇인지 모를 일이었다. 마다는 컵을 받아 들고 속임수를 썼다.

"저기 서랍에서 손수건 좀 가져다주시겠어요?"

"물론이죠."

뱀 대가리가 방향을 바꾼 동안 마다는 컵의 약을 쏟아버렸다. 그리고 끊임없이 움직이는 뱀 대가리가 서랍 안을 이리저리 살펴 손수건을 찾아 꺼내는 모습을 지켜보았다. 다시 침대로 다가오는 뱀 대가리 목 부분을 살펴보니 처음 생각했던 것처럼 매끈한 것이 아니라 켜켜이 비늘이 돋아 있었다. 고양이, 양, 소 대가리 간호사들과 달리 뱀 대가리의 캡은 크기가 딱 들어맞았다.

"저를 너무 빤히 쳐다보시니 당황스럽군요. 마치 제 생각을 읽으시려는 것 같아요." 뱀 대가리가 말했다.

마다는 대답하지 않았다. 떠보는 질문일지도 몰랐다.

"어떠신가요, 실망하셨어요? 제 모습이 상상했던 것과 많이 다른가요?"

또다시 떠보는 질문이다. 조심해야 한다. 마다는 천천히 대답했다. "그렇지 않아요. 다만 그 간호사 캡 때문에 머리카락이 안 보이네요."

앤설 간호사가 웃었다. 앞이 보이지 않은 채 보내야 했던 몇 주 동안 크나큰 위로가 되어준 바로 그 웃음이었다. 간호사가 손을 올려 캡을 벗자 뱀 대가리가 온전한 모습을 드러냈다. 위쪽이 편평하고 넓었다. "이제 충분한가요?"

마다는 베개에 등을 기댔고, 한 번 더 억지 미소를

지어 보였다.

"아름다우세요. 정말 아름다우세요."

뱀 대가리가 목을 흔들며 캡을 썼다. 그러고는 마다에게서 컵을 받아 제자리에 두었다. 약을 쏟아버린 건 알아채지 못했다.

"함께 댁으로 가서는 굳이 간호사복을 입을 필요가 없겠죠. 원하시는 대로 할게요. 한 주 동안은 환자분만을 위한 간호사가 될 테니까요."

갑자기 한기가 느껴졌다. 혼란의 하루를 보내면서 잊고 있었다. 그래, 앤설 간호사가 함께 집으로 가서 한 주를 보내기로 했었지. 두려움을 드러내서는 안 되었다. 아직은 아무 말도 하면 안 된다. 짐이 오면 다 털어놔야지. 짐에게는 뱀 대가리가 보이지 않는다면, 동물 머리가 온전히 렌즈 탓이라면 그때는 어떻게든 설득해야 한다. 더 이상 앤설 간호사를 신뢰할 수 없으니 집에 오지 못하게 해야 한다고. 보살펴줄 사람은 필요하지 않았다. 남편과 둘이서만 집에 있고 싶었다.

전화벨이 울렸다. 마다는 구세주라도 만난 듯 수화기를 낚아챘다. 짐이었다.

“늦어서 미안해. 이제 택시를 잡아탔어. 곧 갈게. 변호사와 얘기가 길어져서.”

“변호사?”

“그래. 포브스 법률 회사 말이야.”

잊고 있었다. 수술 전에 돈 문제로 논의가 있었다. 변호사마다 다른 얘기를 했고, 결국 포브스라는 법률 회사에 일을 맡기기로 했었다.

“얘기는 잘된 거야?”

“그런 것 같아. 만나서 알려줄게.”

남편이 전화를 끊었다. 뱀 대가리가 마다를 바라보고 있었다. 분명 우리가 나눈 이야기가 궁금하겠지.

“웨스트 씨가 오셨을 때 너무 흥분하거나 하시면 안 돼요.” 앤설 간호사가 병실을 나서려 하면서 주의를 주었다.

“그럴 일 없어요. 그냥 남편을 보고 싶을 뿐이에요.”

“얼굴이 좀 상기됐어요.”

“병실이 더워서요.”

구불거리는 목이 위쪽으로 길어지더니 창문 방향으로 돌았다. 마다는 뱀 대가리가 평온하지 않다는 걸 처음 깨달았다. 긴장이 느껴졌다. 자신과 환자의 관계가 뭔가 달라졌다는 걸 안 것이다.

"위쪽 창문만 약간 열어두죠."

온몸이 다 뱀이라면 창문으로 밀어버릴 텐데. 아니, 그러면 내 목을 감고 졸라버리겠지?

창문이 열렸다. 감사 인사라도 기대하는 듯 뱀 대가리가 잠시 침대 끝에서 주춤하더니 매끄러운 몸놀림으로 병실을 나갔다.

마다는 택시 멈추는 소리를 초조하게 기다렸다. 남편이 병실에서 하루 자고 가게끔 하고 싶었지만 뭐라고 말해야 할지 알 수 없었다. 자기가 느끼는 경악과 공포를 설명하면 될까. 아니, 호출 벨을 눌러 앤설 간호사를 부르기만 하면 된다. 남편의 표정과 목소리를 살피면, 남편 눈에도 간호사가 뱀으로 보이는지 금방 알 수 있겠지.

마침내 병원 앞에 택시가 끼익 서는 소리가 들렸다. 차 문이 열렸다가 닫혔다. 짐은 엘리베이터를 타고 올라오겠지. 심장이 두근거렸다. 남편의 발소리와 목소리가 들렸다. 뱀 대가리에게 뭐라고 말하는 듯했다. 그렇다면 바로 표정을 확인할 수 있겠군. 방금 본 것을 믿을 수 없다는 듯 충격받은 표정일까, 아니면 한바탕 장난을 목격했다며 껄껄 웃을까? 마다는 병실 문을 주시했다. 어째서 빨리 들어오지 않는 걸까? 남편과 간호사는 무슨 이야기를 저리 하고 있을까?

병실 문이 열리고 익숙한 우산과 모자가 보이기 시작했다. 건장한 몸 위에 붙은 것은, 오, 안 돼, 이럴 수가, 짐까지도 이 악마들의 가면 놀이에 끼어들었단 말인가. 남편은 독수리 대가리를 하고 있었다. 아니, 잘못 본 것이 아니다. 우울한 눈, 끝에 피가 묻은 부리, 축 늘어져 접힌 살까지……. 독수리 대가리는 구석에 우산을 세워 두고 모자를 벗었다.

"상태가 썩 좋은 건 아니라고?" 독수리 대가리가 마다를 응시했다. "구역질이 난다면서? 나더러 오래 있지 말라는군. 밤에 푹 쉬어야 괜찮아진다고."

마다는 대답할 힘도 없었다. 가만히 누워 있으니 독수리 대가리가 다가와 입을 맞추었다. 부리 끝이 날카로웠다.

"앤설 간호사 말이 갑자기 앞이 보이게 된 충격으로 인한 반응이래. 사람마다 반응이 다르게 나타난대. 집으로 돌아가 잘 보살펴주면 나아질 거래."

집으로 놀아가 앤설 간호사의 보살핌을 받는다고?

그 계획은 아직 여전하군.

"잘 모르겠어. 앤설 간호사가 집으로 함께 가는 편이 좋을까?"

"그게 무슨 소리야? 당신이 그렇게 하자고 했잖아. 갑자기 마음이 바뀐 거야?" 놀란 목소리였다.

대답 대신 마다는 호출 벨을 눌렀고 곧바로 앤설 간호사가 나타났다. "안녕하세요, 웨스트 씨. 커피 한 잔 드릴까요?" 저녁마다 나누던 대화였다. 하지만 오늘만은 부자연스럽게 들렸다.

"고마워요. 커피 한잔 주시면 좋죠. 그런데 혹시 저희 집에 같이 가실 수 없게 된 건가요?" 독수리가 뱀 쪽으로 대가리를 돌렸고 뱀 대가리가 꿈틀거렸다. 그 모습을 지켜보던 마다는 앤설 간호사를 집으로 데려가자는 것이 자기 생각이 아니었음을 기억해냈다. 처음 말을 꺼낸 것은 앤설 간호사 자신이었다. 회복기에 전문적인 도움이 필요하다고 말이다. 짐이 눈에 붕대를 감은 아내를 웃게 만들면서 하룻밤을 병실에서 보낸 다음에 나온 말이었다. 뱀과 독수리의 다정한 모습을 보자 어째서 앤설 간호사가 함께 집에 가고 싶어 했는지, 남편은 어째서 반대 없이 단번에 받아들였는지 알 수 있었다.

독수리가 핏자국 난 부리를 열었다. "두 사람이 설마 다투기라도 한 건 아니죠?"

"그럴 리가요." 뱀이 몸을 비틀며 옆눈으로 독수리를 바라보았다. "부인께서 오늘 밤 조금 예민하신 것 같아요. 첫날이니 좀 힘드신 것도 당연하죠. 그렇죠?"

뭐라고 대답해야 할까? 아무도 눈치채지 못하게 행동해야 한다. 독수리도, 뱀도, 주변의 짐승들 누구도 자기 생각을 추측조차 하지 못하게 해야 한다.

"전 괜찮아요. 약간 혼란스러울 뿐이에요. 내일 아침이면 괜찮아질 거예요."

독수리와 뱀은 침묵 속에서 대화를 나누었다. 그게 다른 무엇보다도 공포스러웠다. 조류나 파충류는 소리 내어 말할 필요가 없다. 서로를 보기만 해도 생각을 다 아는 것이다. 하지만 그렇다고 마다를 굴복시키지는 못할 것이다. 공포에 사로잡히긴 했어도 살려는 의지가 충분하니까.

"오늘은 서류 따위로 괴롭히지 않을게. 뭐 특별히 서두를 필요도 없고. 나중에 퇴원해서 서명해도 돼." 독수리가 말했다.

"서류라니?"

눈을 내리깔면 독수리 대가리를 보지 않을 수 있었
다. 믿음직한 남편 목소리만 들렸다.

"포브스 법률 회사에서 받아 온 서류 말이야. 내가
재산 공동 관리자가 되는 게 좋겠다고 하는군."

수술 몇 주 전의 희미한 기억이 되살아났다. 마다의
눈과 관련된 일이었다. 수술이 성공하지 못하면 서명
하기가 어려울 거라는 얘길 했었지.

"아니 왜? 그건 내 돈이잖아." 마다의 목소리가 흔
들렸다.

짐이 웃었다. 고개를 들자 독수리 부리가 벌어져 있
었다. 덫처럼 보였다.

"물론 당신 돈이지. 당신이 아프거나 무슨 일이 있
으면 내가 대신 처리하겠다는 것뿐이야."

마다는 뱀 쪽을 쳐다보았다. 시선을 의식한 뱀은
대가리를 움츠리고 문 쪽으로 미끄러져 갔다. "너무
오래 머물지는 마세요. 환자가 오늘 밤에는 푹 쉬어
야 하거든요."

이제 병실에는 마다와 남편, 아니 독수리 대가리 둘
만 남았다.

"내가 아프거나 무슨 일이 있지는 않을 거야."

"물론 그래야지. 그냥 법적 안전장치일 뿐이야. 어쨌든 오늘 그 얘기는 그만두자고."

목소리가 너무 평온하지 않나? 서류를 코트 주머니에 쑤셔 넣는 손은 발톱이 아닌가? 앞으로 더 무서운 일이 벌어질 수 있다. 대가리뿐 아니라 몸통까지 바뀌는 일이. 손발은 날개, 앞발, 발톱이 되겠지. 주변 누구도 인간의 모습이 아니게 된다면 어쩌나. 마지막으로 사라질 것은 목소리일 테지. 인간의 목소리가 사라지고 나면 희망이 없다. 오만 가지 동물 외침과 우짖는 소리가 정글을 이루고 말 것이다.

"그런데 앤설 간호사가 정말로 함께 가지 않는 게 좋겠어?" 짐이 물었다.

마다는 독수리가 발톱 가는 모습을 가만히 지켜보았다. 남편은 늘 주머니에 줄칼을 넣어 다니곤 했다. 그건 만년필이나 파이프처럼 그의 필수품이었다. 이제야 왜 줄칼이 필요했는지 알 것 같았다. 희생자를 공격하려면 발톱이 늘 날카로워야 했던 것이다.

"모르겠어. 다시 앞이 보이는데 굳이 간호사를 고용하는 것이 좀 우스워 보여서."

남편은 잠시 뜸을 들였다. 대가리를 어깨 사이에 깊이 파묻었다. 짙은 색 정장이 커다란 새의 깃털처럼 여겨졌다. "앤설 간호사는 유능한 사람이야. 처음에 힘들 때 큰 도움이 될 거야. 난 계획대로 했으면 싶은데. 한 주를 다 채우지 않아도 언제든 내보낼 수도 있고."

"그거야 그렇지."

마다는 믿을 수 있는 사람이 누가 있을지 생각해보았다. 가족이라고는 오빠뿐인데 멀리 남아프리카에 살고 있었다. 런던에 있는 친구들은 이런 일에 도움을 주고받을 정도로 친한 사이가 아니었다. 간호사가 뱀으로, 남편은 독수리로 변했다고 털어놓을 상대는 아무도 없었다. 무력하기 짝이 없는 상황이었다. 지옥이었다. 주변의 미움과 증오가 분명히 느껴지는 가운데 마다는 철저히 혼자였다.

"오늘 저녁에는 뭐 할 거야?" 남편에게 조용히 물었다.

"클럽에서 저녁을 먹을 것 같은데. 그것도 이제 지겨워. 한 이틀만 참으면 드디어 당신이 집에 돌아오겠군."

그렇지. 하지만 독수리와 뱀과 함께 돌아가면 지금 병원에서보다 더더욱 둘의 자비에 운명을 맡겨야 하는 꼴이 아닌가?

"확실히 목요일이면 퇴원할 수 있대?"

"오늘 아침에 의사랑 통화할 때 들었어. 그때는 색깔이 보이는 다른 렌즈를 끼게 된다는군."

몸통까지 제대로 동물로 보이는 렌즈겠지. 그렇다, 푸른 렌즈는 대가리만 보여주는 1차 테스트다. 의사도 당연히 음모에 가담해 있다. 아니, 가담 정도가 아니라 지휘하는지도 모른다. 대가를 받았겠지. 대체 누구였지? 누가 애초에 수술을 권했던 거지? 주치의가 짐과 이야기를 나눈 후 다가와서 수술이 눈을 살리는 유일한 기회라고 하지 않았나? 몇 달 전, 아니 몇 년 전부터 작전이 진행되었으리라. 하지만 대체 무엇을 위해? 마다는 자기를 겨냥한 이 음모의 단서가 될 만한 시선, 신호, 말 한마디를 찾기 위해 기억을 더듬었다.

"당신 얼굴이 창백하군. 앤설 간호사를 부를까?"

"싫어!" 비명에 가까운 소리가 터져 나왔다.

크고 건장한 몸이 의자에서 일어났다. 마다는 작별

의 입맞춤을 위해 두 눈을 감았다. "잘 자, 여보. 마음 편하게 먹고."

마다는 남편 손을 꽉 움켜쥐었다.

"왜 그래?"

입맞춤은 익숙했지만 핏자국 있는 뾰족한 독수리 부리는 여전히 느껴졌다. 남편이 나간 후 마다는 베개에 얼굴을 파묻고 울음을 터뜨렸다.

"어떡하지? 어떻게 해야 하지?"

다시 병실 문이 열렸고 마다는 손으로 입을 틀어막았다. 울음소리를 듣게 해서는 안 되었다. 우는 모습을 보이지 말아야 했다. 마다는 어마어마한 노력으로 몸을 일으켰다.

"웨스트 부인, 기분이 어떠세요?"

뱀 대가리가 침대 옆에 서 있었다. 내과 의사도 왔다. 마다가 좋아하는 젊고 유쾌한 내과 의사였다. 동물 대가리를 했어도 내과 의사는 무섭지 않았다. 스코티시 테리어 개의 갈색 눈동자가 마다를 내려다보았다. 오래전 어렸을 때 스코티시 테리어를 키운 적이 있었다.

"의사 선생님하고 단둘이 이야기해도 될까요?"

"물론이죠. 간호사님, 괜찮으시죠?" 스코티시 테리어가 문 쪽을 가리키자 간호사가 나갔다. 마다는 침대에 앉아 두 손을 모아 쥐었다.

"제가 바보 같다고 생각하시겠죠. 하지만 렌즈 탓이에요. 도저히 익숙해지지가 않아요."

충실한 눈빛의 스코티시 테리어 대가리가 다 이해한다는 듯 고개를 젖혔다.

"힘드시다니 마음이 아픕니다. 통증이 있나요?"

"아뇨. 렌즈를 끼었다는 느낌도 없어요. 다만 모든 사람이 이상하게 보일 뿐이에요."

"색깔이 보이지 않으니 그럴 수밖에 없습니다. 그렇게 오랫동안 눈에 붕대를 감고 계셨으니 처음에는 충격이 있는 게 당연합니다. 시신경은 아직 취약한 상태랍니다." 용기를 북돋는 목소리였다.

"그렇군요." 마다는 내과 의사의 목소리에 힘을 얻었다. "전에도 이 수술을 받은 환자들을 보셨죠?"

"그럼요. 며칠만 지나면 아무 문제 없을 겁니다." 의사가 어깨를 토닥여주었다. 옛날에 키우던 개와 똑같이 다정하고 충실하군. "좋은 소식도 알려드리죠. 과거에 비해 시력도 좋아지실 겁니다. 선명하게 보시

게 되는 거죠. 한 환자분은 평생 안경을 끼셨는데 이 수술 후 비로소 친구와 가족을 제대로 보게 되었다고 기뻐했답니다."

"제대로 보게 되었다고요?" 마다가 의사의 말을 반복했다.

"그렇죠. 전에는 시력이 나빴으니까요. 남편 머리카락이 갈색인 줄 알았는데 실은 밝은 빨간색이었답니다. 처음에는 충격을 받기도 했지만 곧 행복해하시더군요."

스코티시 테리어가 의사 가운 주머니 속 청진기를 두드리며 고개를 끄덕여 보였다. "집도의가 대단히 수술을 잘했습니다. 그 점은 분명합니다. 지금까지 제대로 작동하지 않았던 신경을 튼튼하게 살려낸 겁니다. 웨스트 부인, 부인께서 의료 역사를 새로 쓰실지도 모릅니다. 지금은 일단 푹 주무십시오. 내일 아침에 다시 오겠습니다." 스코티시 테리어가 종종걸음으로 병실을 나갔다. 앤설 간호사와 인사를 나누고 복도를 지나가는 소리가 들렸다.

위로의 말로 음모 따위는 없다고 생각하게 만들려는 거야. 앞서 수술받은 환자는 세상을 새로 보게 되

었다고? 친구와 가족을 제대로 보게 됐다고 했지. 그
럼 지금 보이는 모습이 제대로라는 얘기군. 내가 믿
고 사랑했던 이들이 실은 독수리와 뱀이었다니…….

병실 문이 열리면서 앤설 간호사가 진정제를 가지
고 들어왔다.

"잠잘 준비가 되셨나요?"

"네."

음모는 정말 없는지도 모른다. 하지만 신뢰와 믿음
은 이미 깨지고 말았다.

"약은 물컵 옆에 놔주세요. 나중에 먹을 테니."

뱀이 침대 옆에 물컵을 놓았다. 침대를 매만지던 뱀
이 목을 마구 꿈틀거리더니 베개 밑에서 손톱 가위를
찾아냈다.

"왜 이걸 여기 두신 거죠?"

끝이 갈라진 혀가 날름댔다. "혹시 다치실지 모르
니 제가 치워도 괜찮겠죠?"

마다의 유일한 무기가 간호사복 주머니 속으로 들
어가고 말았다. 손톱 가위를 굳이 주머니에 집어넣는
앤설 간호사를 보면 마다의 생각을 다 읽는 듯했다.
자신을 철저히 무력화시키려는 것이다.

“자, 필요한 게 있으면 호출 벨을 누르시고요.”

“알았어요.”

다정하다고만 여겼던 목소리는 가식적이었다. 마다는 생각했다. 우리 청각은 얼마나 불완전한가. 그리고 자신에게 거짓과 진실, 악과 선을 구분할 수 있는 힘이 있다는 것을 처음으로 깨달았다.

“그럼 안녕히 주무세요, 웨스트 부인.”

“네. 고마워요.”

시곗바늘이 째깍거리며 돌아가는 소리, 창밖 찻길에서 들려오는 소음을 들으며 마다는 계획을 짰다. 모든 환자들이 누워 잠드는 11시까지 기다리기로 했다. 뱀이 안을 들여다보더라도 자고 있다고 생각하게끔 병실 불을 다 껐다. 그리고 침대를 빠져나와 환자복을 벗고 자기 옷으로 갈아입었다. 코트를 입고 신발을 신은 후 스카프까지 둘렀다. 준비를 마치고 가만히 문을 열었다. 복도가 온통 고요했다. 잠시 서 있다가 문밖으로 한 걸음을 내밀고 왼쪽을 보았다. 간호사실 쪽이었다. 뱀이 앉아서 책을 읽고 있었다. 천장조명이 뱀 대가리를 비췄다. 깔끔한 흰색 간호사복 위로 구불거리는 목과 길고 평평한 대가리가 보였다.

마다는 기다렸다. 몇 시간이라도 기다릴 작정이었다. 얼마 지나지 않아 기다리던 소리가 울렸다. 환자의 호출 벨 소리였다. 뱀이 고개를 들고 벽에 붙은 표시등을 살폈다. 그리고 복도를 걸어 누군가의 병실로 들어갔다. 뱀이 사라지자마자 마다는 계단 쪽으로 갔다. 쥐 죽은 듯 조용했다. 소리 없이 계단을 내려갔다. 층마다 간호사들이 앉아 있었지만 계단은 간호사 시선이 닿지 않는 영역이었다.

로비 층으로 내려오자 조명이 어두웠다. 지켜보는 사람이 없는지 확인하느라 잠시 지체했다. 야간 수위의 뒷모습이 보였다. 책상 위로 숙이고 있던 고개를 들자 넓적한 물고기 대가리가 보였다. 뭐 이제 와서 놀랄 것은 없었다. 마다는 당당한 걸음으로 로비를 가로질렀다. 물고기가 그 모습을 지켜보더니 물었다.

"뭐 도와드릴 일이라도?"

예상대로 멍청하군. 마다는 고개를 저었다.

"전 이제 나갑니다. 안녕히 계세요." 마다는 회전문을 통과해 계단을 내려가 거리로 나갔다. 곧바로 왼쪽으로 돌았더니 멀리 택시가 보였다. 손을 들었다. 택시가 천천히 다가왔다. 차 문을 열려고 하자 운전수의 원숭이 대가리가 보였다. 히죽 웃고 있었다. 마다는 본능적으로 위험을 느끼고 택시를 타지 않기로 했다.

"미안해요. 실수했네요."

원숭이 대가리에서 미소가 사라졌다. "이랬다 저랬다 하면 안 되죠!" 택시가 요란한 소리를 내며 출발했다.

마다는 거리를 따라 걸어갔다. 오른쪽으로, 왼쪽으로 돌고 다시 오른쪽으로 돌았다. 멀리서 옥스퍼드거리 불빛이 보였다. 걸음을 재촉했다. 앞의 풍경이 자석처럼 마다를 끌어당겼다. 옥스퍼드거리에 다다른 마다는 멈춰 서서 어디로 가야 할지, 누구에게 도움을 청해야 할지 망설였다. 그러다가 갑자기 주변에 사람이라고는 한 명도 없다는 걸 알아차렸다. 지나가는 남녀 한 쌍은 두꺼비 대가리와 판다 대가리여서 도움을 줄 수 있을 것 같지 않았다. 모퉁이에 선 경찰은 유인원 대가리였고 경찰과 이야기를 나누는 여자는 돼지였다. 사람이라곤 없었고 믿고 의지할 존재도 없었다. 뒤쪽에서 따라오는 남자는 남편처럼 독수리 대가리를 하고 있었다. 건너편에도 다른 독수리들이 보였다. 웃으면서 다가오는 것은 자칼 대가리였다.

마다는 돌아서서 뛰기 시작했다. 자칼, 하이에나, 독수리, 개와 부딪히면서 뛰었다. 세상은 동물들 차지였고 사람은 아무도 없었다. 동물들은 마다를 가리키며 소리 지르는가 싶더니 뒤를 쫓아왔다. 옥스퍼드거리를 달려가는 마다 뒤로 동물들이 따라 달렸다. 사방이 캄캄했다. 동물 세상에 홀로 남겨진 마다에게 빛은 없었다.

"웨스트 부인, 가만히 누워 계세요. 살짝 따끔할지 모릅니다."

수술을 집도한 의사 목소리였다. 다시 붙잡혔군, 마다는 생각했다. 병원으로 돌아온 것이다. 뭐, 어디 있든 상관없었다. 오히려 아는 동물들이 모여 있는 병원이 다른 곳보다 나을 터였다.

마다의 눈 위에 붕대가 감겨 있었다. 고마운 일이었다. 사악함을 감춰주는 고마운 암흑이여.

"자, 이제 고생은 끝입니다. 이 렌즈는 고통도 혼란도 없을 테니까요. 세상은 다시 색깔을 되찾았습니다."

붕대가 한 겹씩 벗겨졌다. 갑자기 모든 것이 눈에 들어왔다. 아침 시간이었고 의사의 얼굴에는 미소가

떠올라 있었다. 그 옆에는 둥근 얼굴의 명랑한 간호
사가 서 있었다.

"가면은 어떻게 했죠?" 마다가 물었다.

"가면은 필요하지 않습니다. 임시 렌즈를 빼냈을
뿐이죠. 자, 훨씬 잘 보이시죠?"

마다가 병실을 둘러보았다. 이제 모든 것이 정상으
로 돌아왔다. 옷장, 화장대, 꽃병이 보였다. 흐릿한 형
체는 없었고 모든 것이 나름의 색깔을 지니고 있었
다. 하지만 얼렁뚱땅 넘어갈 수는 없었다. 병실을 탈
출하기 전에 둘렀던 스카프가 의자에 걸쳐져 있었다.

"저한테 무슨 일이 있었죠? 제가 도망치려 했어요."

간호사가 의사 쪽을 흘낏 보았다. 의사가 고개를 끄
덕였다.

"그래요. 그러셨습니다. 하지만 괜찮습니다. 비난
받아야 하는 사람은 저니까요. 어제 삽입했던 렌즈가
미세 신경을 압박해 시각 균형을 깨뜨렸어요. 이제
다 바로잡았습니다."

의사가 믿음직한 미소를 지어 보였다. 그 옆에 있
는, 아마도 브랜드 간호사인 듯한 사람도 따뜻한 눈
길을 보내주었다.

"정말 끔찍했어요. 어떻게 설명하면 좋을지 모를 정도로요."

"설명하실 필요 없습니다. 다시는 그런 일 없을 테니까요." 의사가 말했다.

병실 문이 열리더니 젊은 내과 의사가 들어왔다. 역시 미소 짓는 얼굴이었다. "환자가 기운을 회복했나요?" "그런 것 같네. 그렇죠, 웨스트 부인?"

마다는 세 사람을 번갈아 쳐다보았다. 대체 신경이 어떻게 손상되면 이 사람들이 다 동물로 보일 수 있다는 걸까?

"선생님들이 개라고 생각했어요. 잭 러셀 테리어와 스코티시 테리어라고요."

내과 의사가 큰 소리로 웃었다. "전 스코티시 테리어로 유명한 애버딘 출신이랍니다. 그러니까 부인 판단이 완전히 틀린 건 아니네요."

마다는 함께 웃지 않았다.

"두 선생님은 괜찮다 하실지 몰라도 다른 분들은 기분이 나쁠 거예요." 마다가 브랜드 간호사를 보았나. "간호사님은 소라고 생각했어요. 친절한 소지만 뿔이 날카로웠어요."

이번에는 집도의가 웃음을 터뜨렸다. "내가 늘 하던 얘기군요. 우리 간호사는 초원으로 나가 데이지 꽃을 먹고 싶어 한다니까요."

브랜드 간호사도 화를 내는 대신 온화한 미소를 지으며 마다의 베개를 바로잡았다. "그런 장난은 환자들이 종종 친답니다. 익숙한 일이죠."

의사들이 웃으며 병실 문 쪽으로 걸어갔고 마다는 마음을 놓으며 물었다. "누가 절 발견했죠? 어떻게 절 다시 데리고 왔나요?"

집도의가 슬쩍 뒤돌아보았다. "멀리 가지 못하셨습니다. 다행이죠. 아니라면 영영 돌아오지 못했을 수도 있으니까요. 수위가 부인 뒤를 따라갔습니다."

"자, 이제 다 지나간 일입니다. 다시 안전하게 침대에 누워 계시니 잘된 거죠. 앤설 간호사가 제일 충격을 받았습니다. 부인 침대가 비어 있는 걸 보고요."

앤설 간호사라고……. 간밤의 일은 쉽게 잊지 못하리라. "설마 우리 최고 미녀 간호사까지 동물이 된 건 아니겠죠?" 내과 의사가 미소 지었다. 마다는 얼굴을 붉히며 거짓 대답을 했다. "물론 그건 아니랍니다."

"앤설 간호사는 지금 병원에 있어요. 교대 시간이

지났지만 마음이 안 놓인다고 남았답니다. 이야기 나눠보시겠어요?"

불안한 마음이 들었다. 무슨 말을 할 수 있을까? 대답도 하기 전에 내과 의사가 병실 문을 열더니 간호사실 쪽에 외쳤다. "웨스트 부인이 만나신다는군요!"

집도의와 브랜드 간호사가 병실을 나섰다. 내과 의사는 벽 쪽으로 물러서 앤설 간호사가 들어오게 한 후 나갔다. 마다는 앤설 간호사를 쳐다본 후 미소 지으며 손을 내밀었다.

"미안해요. 용서해주세요."

어떻게 앤설 간호사를 뱀으로 볼 수 있었을까! 갈색 눈동자, 올리브색의 맑은 피부, 말끔하게 다듬은 검은 머리카락, 그리고 다 이해한다는 미소까지 지닌 사람을.

"용서하라고요? 용서할 일이 뭐가 있겠어요? 부인께서 그런 시련을 겪으셨는데요."

환자와 간호사가 손을 맞잡고 서로를 바라보며 미소 지었다. 아, 고마워라, 이렇게 편안하고 안정될 수 있으니. 의혹과 불안은 새로 얻은 시력과 지식 앞에서 말끔하게 쓸려 나갔다. 남은 것은 안도감과 감사였다.

"대체 무슨 일이었는지 아직도 모르겠어요. 집도의 선생님이 설명하시기로는 무슨 신경 문제였다고 하네요." 마다가 간호사에게 말했다.

앤설 간호사는 문 쪽을 힐끗거리면서 속삭였다. "선생님도 확실히는 모르세요. 곤란해서 자세한 말씀은 안 하시고 렌즈를 너무 깊이 넣었다고만 하세요. 하여튼 고생 많으셨어요."

앤설 간호사가 마다를 내려다보며 눈웃음을 지었다. 참으로 예쁘고 다정한 사람이었다. "이제 그 생각은 마세요. 앞으로는 행복해지는 일만 남았으니까요. 그렇죠?"

"그럴게요."

전화벨이 울렸고 앤설 간호사는 마다가 손을 뻗어 수화기를 잡도록 도와주었다. "누가 전화했는지 아시겠죠? 남편분이랍니다."

"짐, 당신이야?"

남편 목소리가 불안하게 울렸다. "당신 괜찮은 거야? 수간호사한테서 두 번이나 전화가 왔었는데 무슨 상황인지 설명은 안 해주는군. 대체 무슨 일이 있었던 거야?"

마다는 미소 지으며 수화기를 간호사에게 넘겼다.

"간호사님이 말해줘요."

앤설 간호사가 전화를 받았다. 손도 올리브색이었고 손톱은 밝은 분홍색으로 반짝거렸다.

"웨스트 씨세요? 환자가 참으로 우리를 놀라게 하죠?" 간호사는 마다를 보며 미소 짓고 고개를 끄덕였다. "이제는 걱정 안 하셔도 됩니다. 렌즈를 바꿔 넣었거든요. 처음 렌즈가 신경을 너무 압박했답니다. 지금은 괜찮습니다. 완벽하게 잘 보이신다고 하고요. 네, 내일 퇴원할 수 있다고 하셨습니다."

목소리와 눈빛이 모두 다정했다. 다시 마다가 수화기를 넘겨받았다.

"짐, 어젯밤은 정말 무서웠어. 이제야 상황이 이해되기 시작해. 뇌의 신경이……."

"그래, 알았어. 지금이라도 알아냈으니 다행이지. 그 의사 양반은 제대로 일을 못하는군."

"이제는 그럴 일 없어. 제대로 된 렌즈가 들어갔으니까."

"안 그러면 그 의사를 고소해버릴 거야. 기분은

어때?”

“아주 좋아. 약간 얼떨떨하긴 해도 최고야.”

“그래야지. 너무 흥분하거나 하지 말고 쉬어. 이따가 갈게.”

통화가 끝났다. 마다는 수화기를 간호사에게 건네 제자리에 놓게 했다.

“정말로 내일 퇴원할 수 있다고 의사 선생님이 말씀하셨나요?”

“네. 상태만 좋다면요.” 앤설 간호사가 미소 지으며 마다의 손을 톡톡 두드렸다. “제가 함께 댁으로 갔으면 하시나요?”

“그럼요. 다 정해진 일이잖아요.”

마다가 침대에서 몸을 일으켜 앉았다. 창으로 들어온 햇살이 장미, 백합, 키 큰 아이리스에 쏟아지고 있었다. 거리의 차량 소음도 친숙하게 들렸다. 집에서 자기 손길을 기다리고 있을 정원과 침실, 그리고 물건들이 생각났다. 이제 시력이 회복되었으니 다시 일상이 시작되겠지. 지난 몇 달 동안의 불안과 공포는 영원히 사라지는 것이다.

“앞을 볼 줄 안다는 건 세상에서 가장 귀중한 일이

에요. 이제 그걸 알아요. 잃어버릴 뻔했으니까요." 마다가 간호사에게 말했다.

"이제 저는 숙소로 가서 좀 쉬어야겠어요. 드디어 안심하고 잘 수 있겠네요. 제가 가기 전에 뭐 해드릴 일이 있나요?"

"크림하고 파우더, 립스틱과 빗 좀 갖다줘요."

앤설 간호사가 화장대에 놓인 것들을 침대 옆에 가져다놓았다. 손거울, 향수병도 가져왔다. 간호사는 향수병에 코를 대고는 미소를 지었다. "정말 좋은데요. 웨스트 씨의 선물이겠죠?"

마다는 앤설 간호사가 사용하게 될 손님방에 꽃을 꽂고 적당한 책을 옮겨두고 혹시라도 저녁에 심심할까봐 휴대용 라디오까지 챙기는 자기 모습을 상상했다.

"그럼 저녁 8시에 다시 올게요."

오랫동안 아침마다 들었던 인사말이 노래처럼 울렸다. 마침내 환자와 간호사는 서로의 미소와 다정한 눈빛을 나눌 수 있는 사람으로 만난 것이다.

"저녁에 만나요."

문이 닫혔다. 앤설 간호사는 갔다. 간밤의 사건으로

잠시 깨졌던 병원의 일상이 다시 돌아왔다. 어둠 대신 빛이, 절망 대신 삶이 찾아왔다.

마다는 향수병을 들고 귀 뒤에 뿌렸다. 향기가 밝고 따뜻한 날의 일부로 섞여 들었다. 손거울을 들어 들여다보았다. 방 안에는 변한 것이 없었다. 거리의 소음이 새어 들어왔고, 어제 족제비 대가리를 하고 있던 청소부가 청소를 하러 들어왔다. 청소부는 "안녕하세요" 하고 인사를 건넸지만 환자는 대답이 없었다. 피곤하신 모양이군, 청소부는 그렇게 생각하고 청소를 시작했다.

마다는 다시 거울을 들어 살펴보았다. 아니, 잘못 본 것이 아니었다. 거울 속에서 자신을 바라보는 것은 희생당하기에 앞서 경계의 눈빛을 보내며 소심하게 앞으로 수그린 사슴 대가리였다.

“아, 귀여워라!” 하며 즐겁게 바라보던 새들이 갑자기 부리와 발톱으로 가차 없이 나를 공격해온다면, 잠깐 산책 나갔다가 돌아와 보니 집이 완전히 다른 공간으로 바뀌고 낯선 이들이 자기 집이라 주장하며 나를 정신 나간 사람으로 취급한다면, 눈 수술 후 붕대를 풀자 모든 사람이 개, 고양이, 소, 돼지 같은 동물의 대가리를 하고 있으며 그중에서도 가장 믿음직했던 야간 간호사와 남편이 유독 소름 끼치는 모습으로 다가온다면, 이런 상황에 놓인다면 당신은 어떻게 할 것인가.

이 책에 실린 대프니 듀 모리에의 단편「새」,「눈 깜짝할 사이」,「푸른 렌즈」는 미스터리 공포 소설로 분류할 수 있을 것이다. 그러나 이 이야기에 괴물이나 귀신은 등장하지 않는다. 공포를 자아내는 것은 비현실적인 존재가 아니라, 지극히 익숙하고 당연하게 여겼던 일상이 하루아침에 수수께끼로 돌변해버리는 순간이다.

각 작품의 주인공들은 최선을 다해 자신에게 닥친 상황을 파악하고 가능한 대응책을 모색하며 행동에 나선다. 대프니 듀 모리에가 치밀하게 짜놓은 서사를 따라가다 보면 독자는 자연스럽게 인물들의 상황에 이입할 수밖에 없다. 냇과 함께 가슴 졸이며 창문을 단속하고, 엘리스 부인이 경찰서에서 어떻게 신분을 증명할 수 있을지 고민하며, 동물 대가리를 한 사람들 사이에 놓인 마다의 혼란을 그대로 체감하게 되는 것이다.

세 단편은 하나같이 명확하게 해결되는 것 없이 끝난다. 공포스러운 사태가 발생한 이유도 끝내 설명되지 않는다. 그러나 그 점이 아쉬움으로 남지는 않는

다. 이유나 결과가 중요하지 않아서 그렇다. 인물들과 함께 갑자기 펼쳐진 공포의 상황에 빠져 허우적대는 경험 그 자체가 중요하다. 그러고 나면 우리는 책장을 덮은 후 지극히 익숙한 일상을 이전과는 다른 눈으로 바라보게 된다.

이 세 편의 작품은 모두 1950년대에 쓰였으며, 그 시대를 배경으로 한다. 「새」와 「눈 깜짝할 사이」에는 영국인들이 겪은 제2차 세계대전의 참혹한 순간이 직접 언급되기도 한다. 오늘의 독자와 70여 년의 시간적 거리가 있지만, 이야기 속 서늘한 긴장감은 조금도 빛이 바래지 않았다. 번역가이기에 앞서 독자로서 내가 느낀 재미와 공포를 당신도 온전히 경험하기를 기대한다.

| 1907 | 5월 13일 영국 런던에서 비극 배우 제럴드 듀 모리에와 여배우 뮤리얼 보먼트의 세 딸 중 둘째로 출생. 어린 시절부터 부모의 영향으로 문예계 인물들을 자주 접하며 성장. |
|---|---|
| 1928 | 최초의 단편소설 「그러므로 이제 하늘에 계신 우리 아버지께 *And Now to God Father*」 발표. 일찍부터 문학적 재능을 드러냄. |
| 1931 | 첫 장편소설 『사랑하는 영혼 *The Loving Spirit*』 출간하여 크게 호평 받음. |

1932    육군 장교 프레더릭 브라우닝과 결혼. 남편이
        된 브라우닝은 듀 모리에의 장편소설을 읽고
        멀리서 찾아온 독자였음. 장편『줄리어스의 전
        진*The Progress of Julius*』발표.

1933    맏딸 테사 출생.

1936    장편『자메이카 여인숙*Jamaica Inn*』발표.

1937    둘째 딸 플라비아 출생. 논픽션 저술『듀 모리
        에 일가*The Du Mauriers*』발표.

1938    장편『레베카*Rebecca*』발표.

1940    맏아들 크리스천 출생. 앨프리드 히치콕 감독
        이『레베카』를 영화화하여 오스카상 최우수작
        품상을 받음.『레베카』를 작가 자신이 희곡으
        로 각색해 런던 퀸스 시어터 무대에 올림.

1941    장편『프렌치맨 크릭*Frenchman's Creek*』발표.

1945    희곡『그사이 몇 년*The Years Between*』발표.

1946    장편『왕의 장군*The King's General*』발표.

1949    장편『기생충들*The Parasites*』발표.

1951    장편『나의 사촌 레이첼*My Cousin Rachel*』발표.

1952    단편집『사과나무*The Apple Tree*』출간 여기에
        「새」,「몬테베리타」,「낯선 당신, 다시 입 맞춰

줘요」 등의 작품이 포함되었음.

1954    장편 『메리 앤*Mary Anne*』 발표.

1957    장편 『희생양*The Scapegoat*』 발표.

1960    앨프리드 히치콕 감독이 「새」를 영화화함.

1965    장편 『매의 비행*The Flight of the Falcon*』 발표.

1965    남편 프레더릭 브라우닝 사망. 이후 콘월의 킬
        머스 저택으로 주거지를 옮김.

1969    작가로서의 공로를 인정받아 데임 작위를 수
        여받음.

1971    단편집 『지금 쳐다보지 마』 출간.

1972    마지막이자 열일곱 번째 장편소설 『룰 브리타
        니아*Rule Britannia*』 발표.

1973    단편 「지금 쳐다보지 마」 영화화.

1977    미국 미스터리작가협회에서 그랜드 마스터 상
        을 받음.

1989    4월 19일 81세의 나이로 영국 콘월의 자택에서
        사망.

# 새

초판 1쇄 펴낸날  2026년 2월 2일

지은이  대프니 듀 모리에
옮긴이  이상원
펴낸이  김영정

펴낸곳 (주)현대문학
등록번호  제1-452호
주소  06532 서울시 서초구 신반포로 321 (잠원동, 미래엔)
전화  02-2017-0280
팩스  02-516-5433
홈페이지  www.hdmh.co.kr

ⓒ 2026, 현대문학

ISBN 979-11-6790-341-9 04840
       979-11-6790-340-2 (세트)